今夜はジビエ

小川　糸

幻冬舎文庫

今夜はジビエ

目次

本文イラスト　芳野
本文デザイン　児玉明子

シュネー

雪が降っている。

天気予報に雪マークが出ていたから、朝から何度も窓の向こうの景色をチェックしていた。

午前11時になるちょっと前、小雨に若干色をつけたような雪がちらちらと見受けられるようになった。

それがお昼くらいになると、スノードームの中の雪みたいに、細かい氷のかけらが宙を舞うようになり、それから一時間後くらいに、本格的に降り始めた。

このまま降ると、少し積もるかもしれない。

雪を見ると、なんだかホッとする。

やっと冬が来た。

ゆりねのお散歩にもお風呂にも行けそうにないので、午後は雪を見ながらの読書だ。

お正月にどうしても読みたくて、西加奈子さんの『夜が明ける』を取り寄せた。

ここ数日、ずっと彼女の世界に浸っている。

続きが気になって、夜、布団に入っても眠れないなんて、久しぶりの感覚だった。

ものすごい、圧倒的な熱量で、この物語を書き上げたのだろうと何度も思った。

無駄な文章どころか、無駄な文字、無駄な句読点ひとつないほどに、完成されている。

すごいなぁ。

本当に本当に、すごい。尊敬する。

胸の奥に疼(うず)く強烈な「叫び」を表現するのに、これだけの文字が必要だったんだな。

最後のページまで読み終えた今、心の中で拍手喝采が鳴り止(や)まない。

自分で装画も描いて、この人はなんて才能豊かなんだろう、としみじみ思った。

雪は、まだ降り続いている。

マンションの中庭で、子どもたちが楽しそうに雪と遊んでいる。

梢(こずえ)にはたっぷりと雪が積もって、窓の外は雪景色だ。

ドイツ語で、雪はSchnee（シュネー）。

久しぶりに、思い出した。

あけまして、おめでとうございます。

今年も、よろしくお願いします。

２０２２年が、光あふれる希望の年となりますように！


（追記）

その後、雪国育ちの血が騒ぎ、年賀状を出しに行くのを口実に、外に出る。

窓からの雪景色を見ているだけでは物足りなくなり、ベルリン時代のヤッケを引っ張り出した。

（ちなみに、ヤッケもドイツ語です。）

足元にはモンゴルの極寒にも耐えてくれた最強ブーツを履き、帽子に手袋と、完全防備で出発する。

もちろん、傘はささない。

雪だから、払えばすぐに落ちるので。

それよりも、両手を解放し、バランスを取りながら歩く方が大事。

いい雪だった。

しっかりと小粒にまとまり、歩くたびに、キュッキュッと音がする。

年賀状をポストに投函（とうかん）しても、もう少し雪道を歩きたくて、遠回りした。

防寒したので寒くはなく、むしろ背中が汗ばんでくる。
冬タイヤに換えてない車が、ノロノロと道路を走っていた。
今夜は、鱈ちり鍋。
タラにも、雪がついている。

山へ

1月17日

ふと思い立ち、高尾山へ行ってきた。
わざわざ日曜日に行くこともなかったのだけど、思い立ったが吉日。
新しく買ったトレッキングシューズを履いて、リュックにおやつを入れて出発した。
最近、朝焼けの空がすごく綺麗(きれい)だ。
混んでいるだろうなぁ、とは思っていたけど、やっぱり混んでいた。
電車が高尾山に近づくにつれ、山登りの格好をした乗客がどんどん増える。
終点の高尾山口のホームには、老若男女の山人たちが大集合だった。
まずはリフトで中腹まで登り、そこから登山スタート。
カラフルなリフトが楽しくて、テンションが上がる。
山に入ってしまえば、密になることはない。

自分の心地いいペースで、ゆっくり歩けた。

緑が生き生きと輝き、冬の光が最高に美しかった。

立ち止まっては、何度も何度も深呼吸。

ベンチで休んでおやつを食べながら、時間を気にせず頂上を目指す。

去年は、出羽三山と上高地に行った。

山は、雑念を忘れさせてくれる。

ただただ次の一歩のことだけを考えながら歩くのは、瞑想（めいそう）に似ているかもしれない。

瞑想も自分の呼吸だけに集中することで、余計なことに意識を向けないようにする。

今回は、高尾山の頂上がゴールではなく、言ってみれば、そこからが出発みたいなもの。

裏高尾と呼ばれるルートを通って、小仏城山（こぼとけしろやま）へと足を延ばす。

そのまま縦走していくつか山を越えれば、陣場山へも行くことができる。

次はぜひ、陣場山までのコースに挑戦しよう。

機嫌よくてくてく歩いていたら、後ろから、ずっと独り言を話す声の高い女性がついてくる。

ん？　と思って振り返ったら、彼女の横に、白地に薄茶色のまだら模様が印象的な、もふもふの犬が並んで歩いていた。

聞けば1歳のラブラドゥードルだそうで、足を泥だらけにしながらるんるんと楽しそうに山を登っている。

その姿に、元気をもらう。

歩いていると、いろんな場所から富士山が見えて、その度に感動しては大きなため息が出た。

今、富士山は、これでもかってくらい粉砂糖をまぶしたお菓子みたいに真っ白だ。

小仏城山の山頂にある城山茶屋で、なめこ汁をいただきながら、富士山を堪能する。

まさに、シンプルイズベストの山。

体が冷えている時のなめこ汁は、格別だった。

富士山に別れを告げ、小仏峠からバス停へと下山する。

なんとなく気持ちのモヤモヤを晴らしたくて山に行こうと思ったのだけど、その点に関してはあまり効果がなかったかもしれない。

やっぱり、もっと高く険しい山でないと、我を忘れることはできないのかなぁ。

それでも、澄み切った空気を呼吸し、植物たちからたくさんのエネルギーをもらって、体のどこかが一新された感覚は確かにある。

また近いうち、高尾山に会いに行こう。

今夜のおかずは、北海道の真狩村(まっかりむら)で作られた、ゆり根100%の手作りコロッケ。

ひっぱりうどん

1月18日

去年の秋以降、頻繁に食卓にのぼっているのが、ひっぱりうどんだ。

これは、山形に古くから伝わる郷土食。

細いうどんを湯がいて、鍋ごと食卓に出す。

温暖な地域に暮らす人には想像もつかないかもしれないけれど、本当に寒いと、鍋からどんぶりに麺を移している間に、麺が冷めてしまう。

それに、冷たいどんぶりに入れたらそれだけで麺が冷えてしまうから、もうそのままドーンと鍋ごと食卓に載せてしまうのだ。

釜揚げうどんにも似ているけれど、ひっぱりうどんの方がもっと土着的というか、暮らしに根付いた食べ物の気がする。

うどんを茹でている間に、タレを用意する。

まずは、ひきわり納豆。

最近、ひきわり納豆が簡単に手に入るようになり、種類も豊富で納豆好きにとっては嬉しい限りだ。

ひとり一パック。

そこに、めんつゆを少々と、ねぎ、おかかなどをのせて、麺が茹で上がったら茹で汁を少し混ぜて濃さを調節する。

めんつゆがなければ、ただお醤油だけでもいい。

あとは、ひたすら鍋からうどんを引っ張り上げて、納豆に絡めながら食べる。

シンプルだけど、ものすごく美味しい。

私は「ひっぱりうどん」と呼んでいるけど、「ひきずりうどん」と言う人もいる。

どうやら、鯖缶を入れるのが主流のようだが、私は、ひきわり納豆だけで十分味が完成されていると思う。

鍋から上がる湯気もご馳走になって、食べていると、みるみる体が温まる。

簡単にできるし、寒い日はひっぱりうどんに限るのだ。

毎日だって食べたくなる。

ひっぱりうどんと並び、もうひとつ、最近よく作って食べているのが玉こんだ。

こちらも、山形のソウルフードで、駅の売店でも売っているくらい、ポピュラーな食べ物。

ご飯のおかずというより、おやつ感覚で玉こんを食べる。

丸いこんにゃくをいくつかお団子みたいに串に刺して、辛子をつけていただく。

子どもから大人まで、みんな玉こんが大好きだ。

美味しく作るコツは、とにかく余計な手を加えないことで、私の場合は、お醤油だけで味付けする。

まずは水から出した玉こんを鍋で空炒り(からい)して水分を飛ばし、あとは強火のままお醤油を回しかけて煮詰めるだけ。

今日みたいに、冷たい雨の降る日、買い物にも行けないし、どうしようという時は、玉こんがあると重宝する。

しかも、こんにゃくだから、とってもヘルシーだ。

ひっぱりうどんにしろ、玉こんにしろ、一見雑なようで、でもこういう素朴な食べ物の方が、飽きずに何回でも食べたくなる。

寒いからこそ、生まれた料理なのだろう。

昨日、今日と山小屋に関する本ばかり見ていたら、むずむずと雪山に行きたくなった。
見渡す限り雪に覆われた銀世界を、この体で味わいたい。
どこに行ったら、その望みが叶えられるかな？
スノーシューを履いて雪原を闊歩したい。

プルピエ

1月19日

叔母から、手紙が届いた。

去年の暮れ、大晦日(おおみそか)に出羽屋さんのおせちを届けた、そのお礼だった。

叔母は去年、大きな手術をした。

二日かけてがんばって書いてくれたという手紙を、夫であるおじさんが「翻訳（?）」してくれたものが送られてきたのだ。

叔母は、母の妹である。

手紙には、今まで知らなかったことが、いろいろ書かれていた。

まず、今はもうない実家の庭に、ゆり根が植えられていたということ。

叔母が出羽屋さんのおせちの中でもっとも印象的だったのが、ゆり根のきんとんだったそうで、実家に咲いていた百合(ゆり)の花のことを思い出したという。

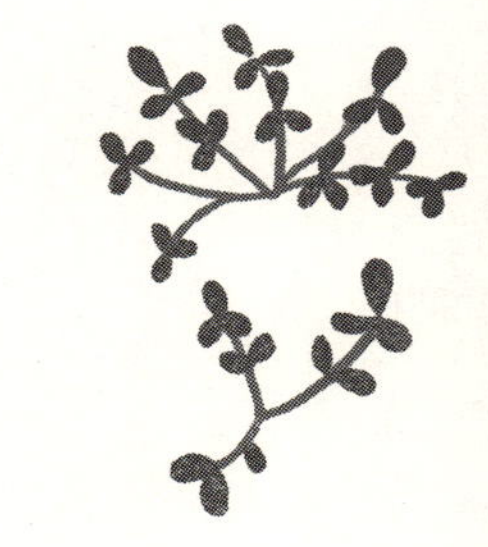

実家にも、お正月にゆり根をとるための百合があったのだ。

そしてもっと驚いたのは、叔母にとっては姉である私の母が、おせち料理に毎年「ひょう」の干し煮を作っていたという事実。

叔母の手紙に、「おばあちゃんだけでなく、あなたのお母さんも料理を好きだったんだよ。」とあり、その一文を読んだら、涙が止まらなくなってしまった。


ところで、最初、私は「ひょう」が何かわからなかった。

でも、調べているうちにうっすらと思い出した。

「ひょう」は、野菜というよりはその辺に生えている雑草で、正式には「すべりひゆ」というのだそうだ。

お尻の「ひゆ」がなまって、「ひょう」になったのだろう。

ひょっとしていいことがありますように、との願いを込め、母もひょうのおせちを作っていたとのこと。

そんなこと、全然知らなかった。

「すべりひゆ」は、痩せた土地にも生え、日照りにも強い雑草だ。

住宅地や畑、垣根などどんな場所にも根っこを張る、ものすごく生命力の強い植物らしい。

江戸時代に米沢藩をおさめていた上杉家の上杉鷹山（うえすぎようざん）が、飢饉に備えて食べるのを推進したそうだ。

それで、山形には「すべりひゆ」を食べる食文化が根付いた。


上杉鷹山って、なんか好きだなぁ。

彼が残した、「なせば成る　なさねば成らぬ何事も　成らぬは人のなさぬなりけり」は、素晴らしい言葉だと思う。

日本でこの「すべりひゆ」を食べるのは、山形と、そして沖縄が多いとか。

夏は新鮮なものをお浸しにし、冬は塩漬けにして干したものを煮物などにして食べる。

そして、この「すべりひゆ」はヨーロッパでも食べられているらしく、フランスでは、プルピエというそうだ。

なんだかとってもかわいい名前。

見た目は、少し葉っぱをぷくぷくさせたようなクレソンみたいな雑草で、あー、確かに昔、祖母がお浸しにしたのを食べていたような気がする。

母とはもう話すことはできないけれど、こんなふうに叔母と交流することで、私のどこかが救われている。

私はずっと、母は料理が苦手で、作るのが好きではなかったんじゃないかと思っていたけど、それは私の誤解だったこともわかった。

きっと、いや間違いなく、母は、叔母からの手紙を喜んでいる。

それにしても、「ひょっとしていいことがありますように」なんて、いかにも奥手な山形の人らしい発想だなぁ。

叔母が、また来年も笑顔で、出羽屋さんのおせちを食べられるといい。

手前味噌週間

1月27日

朝、部屋のカーテンを開けて、朝焼けの空が広がっている時。

ゆりねと散歩に行って、青空を背景に桜の蕾(つぼみ)が膨らんでいるのを見つけた時。

夕方お風呂に行って、日が暮れる時間が長くなったなぁと感じる時。

これってもしかして、あなた。あなたのお名前は、春ですよね？

そう呼びかけたくなるような光に出会う確率が増えてきた。

あと、もう少し寒いのを我慢すれば、春がやってくる。


空気が乾燥していて気温が高くないこの時期は、味噌(みそ)作りにもってこいだ。

ということで、大阪屋こうじ店から生の米麹(こうじ)を6キロ送ってもらい、それを3回に分けてせっせと手前味噌を仕込んでいる。

一度、悲しい気持ちの時に味噌作りをしたら、見事にカビが生えてダメにしてしまったので、お味噌を作る時は、空模様も心模様も、どちらもピカピカの晴れ間を選ぶのを肝に銘じるようになった。

ジメジメした雨の日では、どうも麹が気持ちよく発酵しない気がするし、怒りとか悲しみとかの負の感情も、波動となって味噌に伝わり、結果としてマイナスのエネルギーが味噌に蓄積されるのではないだろうか。

音楽も、麹が心地よく感じる（だろうと思われる）曲をかけてあげたり。

どんなに同じ分量で同じ手順で作っても、できる味噌はその都度違う味わいになるのがまた面白いところだ。

今回新たに発見したのは、潰した大豆と、塩と麹を混ぜ合わせた塩麹を混ぜてから麹玉を作る際、三角形にすると、その後袋に入れやすいということ。

今までは、丸でやっていた。

でも、四角い袋になるべく隙間を作らないように入れるには、丸よりも三角の方が都合がいいというか、理にかなっている。

それで、今回からは三角のおむすび形にする。

3回目の昨日は、高校1年生になったららちゃんに、お味噌レッスン。

純真無垢で清らかなららちゃんの手で触られたら、麹たちもきっと喜ぶに違いない。

自分でお味噌が作れれば、海外で暮らすことになっても心強いはず。

心身の健康を維持するのに、味噌は大いに役立つ。

地球のどこにいたって、一日一回でもお味噌汁を飲むと、足の裏からじんわり根っこが生えるような気分になって、異国にいる不安を忘れさせてくれる気がする。

私は、最低でも一日一回は、お味噌汁を飲むよう心がけている。

スリーパーマーケット　2月1日

この間、塚本太朗君がわが家にいらして、身の回りにあったいくつかの物を持って帰った。持って帰った、という表現は語弊があるかもしれないけど。正確には、「買い付けて」、それらの品を持って帰られた。

なるべく物を少なくしたいと常日頃から思っているけれど、意識しないでいると、どうしても物は増えてしまう。

その時はとても素敵だな、と思って手に入れても、実際に自分の生活空間で使ってみるとなんとなく違和感があったり、生活スタイルの変化と共にだんだん暮らしの輪っかからはみ出してしまったりする。

物は日々暮らしの中で使ってこそ、と思っているので、使われない状態の物はかわいそうだ。

それでも、思い出とか愛着があると、なかなか手放す勇気が出ない。

でも、もしもそれを誰かが私以上に大事に使ってくれるのなら、喜んでお別れしたいと思う。

物も、その方が嬉しいはず。

太朗君が、その橋渡しをしてくれるというのだ。


彼が私の部屋にあった物の中から選んだのは、ドイツにいた時に出会った文房具など。

それを、コクヨが運営するオンラインショップ、「MIDNIGHT SHOP」内の「Sleeper Market」で販売するという楽しい企画のお知らせです。

今週の2月4日（金）夜8時から開店し、閉店は次の日の朝10時。

それ以外の時間は、クローズ。

「Sleeper Market」は、毎週金曜日の夜だけオープンするオンラインショップです。

どれも、私にとっては思い入れの深い物ばかり。

だから、もしも気に入っていただけるような物があったら、次なる所有者になっていただけると、私としては、本当に本当に嬉しい限りなのです。

どうぞよろしくお願いします。

立春大吉

2月4日

朝起きて顔を洗ってから、「立春大吉」のお札を貼った。

今日は、立春。

この日の早朝に、しかも、ふっふっふ〜、っとお札に息を吹きかけてから貼ると、魔除けとしての効果がアップするというので、やってみる。

それを、玄関と寝室の二箇所に貼った。

なぜか今年は、別々の知り合いから2枚、お札が届いたので。

縦書きにすると「立春大吉」は左右対称。

つまり、前から読んでも後ろから読んでも同じように「立春大吉」と読めるため、家の門から入った鬼が、振り向いた時にまた同じ文字があって、あれ？　と勘違いして引き返すというおまじない。

お札を貼ったことで、家が守られている気持ちが強くなった。
気持ちがシャキッとする。
それに、「立春大吉」って、響きもいいし、おめでたい。
暦の上では、もう春なのか。
旧暦でもお正月を迎え、いよいよ本格的に一年がスタートする。

夏みかんの使い方

2月7日

無農薬の、いい夏みかんをいただいた。

さて、どうしようか？

夏みかんって、実は酸っぱくてそのままでは食べられないし、ジャムにするのも結構な手間暇がかかる。

しばらくは目だけで楽しんでいたのだが、ふと、パウンドケーキの生地に混ぜてみたらどうだろうと閃（ひらめ）いた。

同じ要領で焼くりんごのケーキが美味しいから、もしかしたらりんごを夏みかんに変えてもうまくいくかもしれない。

結果は、大正解だった。

夏みかんの外側の皮を剝き、更に薄皮も剝く手間はかかるけれど、夏みかんのほろ苦さがいいアクセントになっている。


果肉だけでなく、皮をすり下ろして丸々一個分入れるのがミソかもしれない。

バターと砂糖と卵と粉だけのものすごくシンプルな材料で、しかもひとつのボウルで混ぜていくだけなので、簡単にできる。

とっても素朴なケーキだ。

イタリアの甘い朝ごはんに顔を出しそうなマンマの味だった。


夏みかんがまだまだあるので、せっせと焼いては、送り出す日々。

すっかり、料理脳ならぬお菓子脳が開眼してしまった。

パウンドケーキだけでなく、チーズケーキ、チョコレートケーキと、次々作って満足している。


家で作るお菓子は、簡単なのに尽きる。

私は、基本ボウルひとつだけで作れるレシピを選んで、それを何度か作り込みながら、自分流にアレンジしている。

それと、この季節になると必ず作るのが、柑橘のゼリーだ。

いろんな種類の柑橘を混ぜ合わせて、ゼリー寄せにする。

昨日は、近所の無人販売所に置いてあった、文旦とポンカンと、あともう一種類、名前を忘れてしまった蜜柑を使って、ゼリーにした。

多少酸っぱくても、味を調節できるのがいい。

柑橘をひとつひとつ房に分け、更に薄皮も剝くのは骨の折れる作業だけれど、一度そのモードに入ってしまうと逆にやめられなくなって、どんどん皮を剝いてしまう。

結果、とても具沢山のふるふるゼリーになる。

これを食べると、春が近いのを実感する。

タコの見る夢

2月13日

今朝の新聞に、アニマルウェルフェアの記事が出ていた。

近頃よく耳にするようになったアニマルウェルフェアとは、動物の福祉のこと。

人間の都合による効率ばかりを優先した結果、動物たちに苦痛を与えている現状を、少しでも改善しようという動きが、アニマルウェルフェアだ。

例えば、養鶏場の「バタリーケージ」。

何段にも積み重ねた身動きも取れないケージに鶏をぎゅうぎゅう詰めにして、卵を産ませ続ける。

例えば、養豚場の「妊娠ストール」。

種付け前後から出産まで、およそ114日間ほどを、母ブタは自分の体と同じくらいしかない狭いスペースで、体の向きも変えられない状態で過ごすことを強いられる。

ドイツでは、年間４５００万羽もの、生後すぐに殺されていたオスのヒナに対して、「殺処分禁止」の法律ができたとのこと。

オスのヒナは、卵も産まないし食肉にもならないため、不要なものとして殺されていたという。

その法律により、卵の値段が少し上がったそうだ。

鶏の福祉のためを思って少々の値上がりは我慢するか、それとも鶏の幸福を犠牲にしてでも安い卵が食べたいか。

私自身は、以前から、日本のスーパーで売られている卵の値段が、安すぎると感じていた。でも安い卵は、バタリーケージに入れられて、「効率良く」産まされている結果だ。

最近、頻繁にお菓子を作るので、そのたびに卵を買いに行く。

私が買っているのは、近所の農家さんが飼育している平飼いの鶏の卵で、鶏たちは、雨の日は小屋の中で身を寄せ合ってじっとしているし、晴れている時は元気よく庭を歩いている。冴(さ)えないお天気が続けば、なんだか卵も元気がなくなる。

それが自然なのだということに、最近気づいた。

鶏の顔を知っているから、卵にも愛着があるし、絶対に無駄にしてはいけない、と思う。10個で５００円の有精卵は、妥当じゃないかな？

その値段で、人も鶏もお互いウィンウィンの関係で平和になれるのならば、決して高いとは思わない。

先ほどのドイツの法律に続いて、フランスでもペットショップでの犬や猫の販売が法律で禁止になるというし、もうそろそろ、人間だけが幸せになるのではなく、生き物全てが共に幸せになる道を模索していく段階に入ったのだと思う。

それが、結果的には自分たちの幸せにも繋がる気がする。


そんな気分で、今日は、Netflixでドキュメンタリー『オクトパスの神秘：海の賢者は語る』を見た。

舞台は、南アフリカの、海の中に広がる原生林。

そこへ、人生に疲れた映像作家が、ウェットスーツも着ず、酸素ボンベも付けずにカメラだけ持って素潜りで海に入っていく。

彼はある日、一匹のメスのタコと出会い、その後は毎日、彼女に会いに行くようになる。

最初は警戒していた彼女（タコ）も、一ヶ月もすると、警戒心を解き、彼に好奇心を示し出す。

そして、彼らは握手を交わすのだ。

彼が差し出した手に、彼女はゆっくりと吸盤をくっつけ、一本の足を絡めた。

こうして、人とタコとの交流が始まった。

映像と音楽が、本当に見事なほど美しかった。

そして、何よりも美しかったのは、タコだ。

タコは、体の形や色を瞬時に変える。

二足歩行のようなことをしてみたかと思えば、岩の一部に擬態したり、ロングスカートを靡(なび)かせるみたいにして水中を優雅に舞ったり、かと思えば俊敏に泳いだり。

まさに、変幻自在な身のこなし方が宇宙的だった。

ひとりの人間と一匹のタコは、恋に落ちたように水の中で逢瀬(おうせ)を重ねる。

彼女が完全に彼を受け入れると、手乗りインコみたいに彼の手にしがみついて離れなくなる。

タコと人間が息を合わせて水の中を一緒に泳ぐシーンは、ふたつの命がダンスしながらお互いに相手の命を祝福するようだった。

驚いたことに、タコは、犬や猫と同じくらいの知能があるそうだ。

足には2000もの吸盤があるそうで、タコにとって吸盤は、私たちにとっての脳と同じような機能を果たしているという。

うちのゆりねも、よく夢を見ていて、夢の中で尻尾(しっぽ)をバンバン振ったり、何を食べているのか口の中をモゴモゴさせたり、グフ、グフ、と吠(ほ)えたりもする。

だから、タコが夢を見たって、不思議じゃないのかもしれない。

タコは、どんな夢を見るのか、想像すると楽しくなる。


ある日、彼女は一本の足をサメに食いちぎられ、衰弱する。

けれど、驚いたことに、彼女の失くした足のところから、また小さな小さな足が生えてくるのだ。

そして、時間をかけて、その足は元の大きさにまで成長する。

驚異的な、自然治癒力だ。

タコは、美しく、神秘的で、エレガントで、とても知的な生き物だった。

しかし、彼女は再度サメに狙われ、絶体絶命のピンチを迎える。

今度こそ命を落とすかとハラハラさせられるのだが、それを彼女は、素晴らしい方法で切り抜ける。

これからこのドキュメンタリーをご覧になる方もいらっしゃると思うのでどんな方法かは明かしませんが、それはもう奇想天外とも言える発想の転換で、タコの知性に脱帽した。

本当にタコは賢い。

知らなかったのだが、タコの命は一年で尽きるそうだ。

彼女も、卵が孵化すると、命を終えた。

最後は、無抵抗でサメの糧となった。

本当に本当に素晴らしい世界を見せてもらった。

人間と動物との、ひとつの理想的な関係性を見た気がする。

お互いに理解し、絆を深め、けれど相手の領域には立ち入らない。

彼と彼女は、間違いなく、種を超えて、言葉ではない意識そのもので交流していたのだと思う。

こちら側がものすごく純粋な気持ちで心を開けば、自然は時にこんなに素敵なギフトをくれるのかもしれない。

水族館で行われている、イルカのショーがある。

若い頃は、人間の合図に従ってジャンプしたりするイルカを、かわいいと思えた。

でも、今は思えない。

イルカの自由を、人間のエゴで奪ってはいけないと思う。

だから今は、もうイルカのショーを見ることはできない。

心が苦しくなる。


そんなこともあって、今日の食事は、ノーミート、ノーフィッシュ、ノーエッグにした。

タンパク質は、昨日いただいたお揚げと厚揚げを一緒に炊いて、大豆でいただいた。

あ、でもお出汁（だし）に鰹節（かつおぶし）が使われていることに、今気づいたけど。

私だって、全ての食事をビーガン食にはできないし、小さなことを、ちょっとずつちょっとずつ実行していくことしかできない。

でも、多くの人が意識を変えて、ちょっとずつ変化させれば、全体で見たら大きな一歩に繋がる気がする。

彼に抱きつく彼女の姿は、私に甘えてくるゆりねと同じだった。

人間は、そういう命をいただいているということを、肝に銘じたいと思った。

平和

３月３日

三々五々、梅の花が咲いている。

この冬は寒さが長引いたので、咲き始めるのが遅かった。

ようやく、最近になって花びらが開くようになった。

やっと春うららだと喜んでいたのも束（つか）の間、世界情勢が緊迫している。

この一週間で、あれよあれよという間に、大変なことが起こっている。

ロシア情勢に詳しい専門家すら、まさか、と思っているに違いない。

ウクライナの人たちだって、まさか、だろう。

まさか、自分が現在進行形で戦争を目撃することになろうとは、夢にも思わなかった。

志願兵を募集とか、民衆が火炎爆弾を作るとか、そんな状況が現実に起きていることに恐ろしさを感じる。

愚かな人物に権力を預けることの恐ろしさと無責任さを、日本人も他人事と思わず、肝に銘じて受け止めなければいけないと思った。

3年前の夏、ぴーちゃんと訪ねたビャウォヴィエジャの森は、ポーランドとベラルーシの国境に広がるヨーロッパ最後の原生林だった。

ベルリンから列車とバスを使い陸路で行ったけれど、ウクライナからポーランド、ポーランドからドイツは本当に近い距離にある。

また、ウクライナからの多くの難民が助けを求めて、他の国々に避難するだろう。

それじゃなくてもコロナ禍でもう十分疲弊しているのに、その上更に戦争となると、この先、人類の行く末がどうなってしまうのか。

本当に混沌として、明日どうなるのかわからない。

ラトビアをはじめとするバルト三国の人たちも、戦々恐々としているだろうな。

歌う革命で、ようやくソ連から再独立して自由を手に入れて、まだ30年ほどしか経っていない。

彼らは長くソ連の占領下で、本当に苦しく辛い時代を送ってきた。

だから、今ウクライナに起きていることだって、決して対岸の火事ではない。

こんなふうに、いとも簡単にひとりの愚かな為政者によって世界の、地球の運命が握られてしまうことに吐き気すら感じてしまう。

ウクライナに残された人たちも、ウクライナに家族を残して他国に避難した人たちも、本当に不安だろう。

あまりに凄まじいことが起きていて、一体自分に何ができるのか途方に暮れてしまうけれど、とにかく、このまま暴挙を許すわけにはいかない。


ベルリンで行われた戦争反対のデモには、10万人が集まったそうだ。

もしまだベルリンに住んでいたら、私もその参加者の一人になっていたと思う。

これ以上最悪なことが起こりませんように。

祈ることしかできない自分が、とても歯痒い。

本能

3月12日

ヨーロッパに荷物を送るのに、ロシア上空が通れないため、船便だけになってしまった。

人を乗せた飛行機は、ぐるりと遠回りして日本と行き来しなくてはならない。

今まで、手紙とか小包とか、1週間から10日ほどでヨーロッパまで届いていたのに、もう気軽に手紙すら送れない。

東日本大震災から11年が経ち、コロナからも2年。

思いもよらないことが立て続けに起こっている。

そして、戦争。

多分これからも、思いもよらないことがドミノみたいにどんどん加速度を増して起こるのかもしれない。

だから私は、とにかく本能を鍛えようと思っている。

こういう時代に必要なのは、人間が本来持っていて、けれど使わないうちに鈍くなってしまった本能だと思うから。

左脳は、論理的に思考するのを得意とする。分析したり、計算したり、言葉で理性を司る。

一方の右脳は、直感や感覚で、直接ハートで感じるのを得意とする。

左脳では知識を得ることができるのに対し、右脳では叡智を養うことができる。

私が鍛えたいのは、右脳だ。

分析したり、冷静に客観的に判断するのはもちろん大事だけれど、左脳でっかちになると、感覚が鈍ってしまう。

これからの時代、左脳はコンピューターに任せておけばいい。

東京オリンピックには、ずっと反対だった。

反対だったし、なぜかわからないけれど、何かが起こって開催されないんじゃないか、という予感がずっとあった。

予感というか、それは確信に近い感覚だった。

でもまさか、流行り病だとは思わなかったけど。

「何か」は、世界的なものだろう、ということだけはわかっていた。

2年前、まるで背中を押されるような形でベルリンを去り、その後、アパートも引き払ってしまったのだが、最近、それでよかったのかもしれない、と思うようになった。

あのままベルリンに残っていても、私はそこでの暮らしを楽しめていなかっただろう。

日本に戻って、タイミングを見計らいながら、今まで目を向けていなかった日本のいろんな場所を訪ねた。

灯台下暗しとはまさにこのことで、私は自分の足元にこんなに素晴らしい自然や人や文化があることに、改めて気づかされた。

多くの人が感じているだろうけど、コロナは決して、悪い側面ばかりではなかった気がする。

立ち止まることも、大事だ。

大切なのは、恐れることではなく、気づき、そこから学ぶことなんだな、と思う自分がいる。

今週は、一泊二日で能登に行ってきた。

取材先が、ちょうど七尾の一本杉通りにあったので、一瞬だけだったけど、駆け足で鳥居醤油店さんの暖簾(のれん)をくぐった。

そして、数年ぶりに正子さんと再会した。

正子さんは、私を気軽に「糸ちゃん」と呼んでくれる、数少ない人。

知り合ったのは、12、3年前になる。

正子さんは、能登の塩と大豆と小麦を使って、昔ながらの製法でお醤油を作っている本当に素敵な女性だ。

風通しが良くて、まるで暖簾みたいに、ふわりと迎え入れてくれる。

一瞬の再会だったけど、ひょっこり訪ねて本当によかった。

元気な正子さんと再会できて、私も元気をいただいた。

今度はゆっくりプライベートで能登を訪ねて、正子さんのお店の近くにできた和食屋さんをご一緒したい。


今日は、ベルリン時代のお客さま。

最近、ちらほらベルリンから一時帰国する友人が増えている。

さすがに2年以上も家族や友人に会えないのは堪(こた)えるのだろう。

昼間、久しぶりに窓を開け放って料理を作った。
やっと、やっと、春。
沈丁花(じんちょうげ)の香りがする。

今夜のメニューは、
能登のお土産(みやげ)の昆布巻き
芹(せり)をたっぷり入れた卵焼き
コロッケ
菜の花の粕汁(かすじる)
ちらし寿司
デザートは、柑橘のゼリー

料理も、左脳ではなく、右脳を使って本能で作ると魂に響く味になる。
本能で生きている、お手本がゆりね。
冬の間トリミングをしないでいたら、丸々太った子羊みたいになっちゃった。

離島巡り　3月22日

今日から私は石垣島へ。

東京は雪マークのお天気だけど、石垣はもう軽く20度を超える。

向こうもあんまり天気がよろしくないようだけど。

船の欠航にだけ気をつけて、(行ったはいいが、帰り、行った先の島から戻れなくなることだけは避けたい) てくてく船で離島巡りをしよう。


ベルリンから陸路で旅をするときは、ゆりねを連れていけたけど、日本ではなかなかそれができない。

それもあって、車での移動が選択肢に入れば、これからはゆりねも連れて旅ができる。

今回は、お父さん (ペンギン) とお留守番だ。

歳を重ねるというのは、経験を積んで賢くなることであり、怖いことが増えることでもあるんだなぁ、ということを、ゆりねの成長を見ていると、よく感じるようになった。

子どもの頃のゆりねは、怖いもの知らずだったけど。

いくつかの「恐怖」を経験するうちに、そのことを怖いと認識するようになる。

今、ゆりねの平和を脅かすのは、雷、私のくしゃみ、そして私の不在。

母子家庭になって、私とべったりの時間が長くなったので、私と離れることに敏感になった。

ちょっとそこまで出かけるのか、何日も長期で出かけるのか、その違いがはっきりとわかるようで、長期でいなくなる時は、ゆりねもソワソワして落ち着かなくなる。

だから、最近はスーツケースに荷造りする時も、ゆりねの目を盗んでこっそりやるようになった。

いつ戻る、とか、そういうのがわからないから、どうしても不安になるのだろう。

私も、ゆりねと離れる時は胸が痛くなる。

昨日、ゆりねは久しぶりに散髪し、スッキリした。

丸々太った子羊から、今度は山羊(やぎ)になった感じ。

自分でトリミングをする時もそうだけど、いつも、この刈った毛を何かに再利用できないだろうかと思う。

ラトビアには、犬の毛で手袋を編んでくれる人がいて、ゆりねの毛で手袋を編んだらあったかいだろうなぁ、なんて思ったりもするけれど、ゆりねが死んでしまったら、その手袋を抱きしめておいおい泣く自分が容易に想像できるので、そしてそれはあまりに悲しいシーンなので、昨日も、えいやーっとゴミ箱に捨ててしまった。

そのことも、いつか後悔するのかもしれないけれど。

とっておく、と捨てる、両方の選択はできない。


この間能登に行ってきたのは、テレビの「旅番組」の取材だった。

受けようかどうしようか迷っていた時、チラッとペンギンに相談したら、「お風呂に入るシーンとかないんでしょ?」と聞かれ、まぁ、確かにそうだな、と思って受けることにしたのだった。

今月31日(木)、夜11時から、BS TBSで放送される。

番組名は、「口福紀行」で、他に出演するのは、角田光代さんだ。

一軒のレストランを目指して旅をして、その旅をエッセイにまとめ、そのエッセイを余貴美子さんがナレーションしてくださる。

夜遅い放送なので、私もオンエアは見ないけど、録画して見ようとは思っている。

前回「てがみ」で右脳と左脳のことを書いたら、ちょうど読んでいた本にすごく面白い記述を見つけた。

なんと、右脳を使うのに、車の運転がすごくいいというのだ。

逆か？

とにかく、車の運転には、右脳を使う、ということ。

車を運転する時は、一つのことだけに気を取られるのではなく、同時進行で、いろんな要素を瞬時に「絵」として把握し、進んでいく。その時は、左脳より右脳を多く使っているというのだ。

へぇ、なるほど〜と思った。

もうすぐ、車の免許を取ってから一年になる。

右脳を使うトレーニングになるなら、ハンドルを握るのがより楽しくなるというものだ。

石垣島に行くの、何度目だろう？　本島より、ずっと多く行っている。
春先の南の島って、本当に好きだ。
明日の朝は、海で泳ごう。

ニシ浜

3月23日

お天気が心配だったのだけど、1便で波照間島へ。

2便と3便が運休になった場合は、1泊、波照間島に泊まらなくてはいけなくなる。

チケットを買う時、船会社のお姉さんに、「今日中に石垣に戻れなくなるかもしれませんが、いいですか？」と念を押され、しばらく考えてから、やっぱり行くことにした。

もし帰れなくなったら、どこかの民宿に泊まればいいや、と腹をくくって船に乗った。

石垣から波照間までは、船で一時間ちょっと。
後半は外洋に出るので、波が高くなり結構揺れる。
酔い止めが必要な人もいるのだけど、私は、かなり平気。
飛行機が揺れるのも、船が揺れるのも、実は結構好きだったりする。

ゆりかごで揺られているような気分になるので。

コツは、揺れに逆らわないこと。

とにかく身を任せてしまう。


島は、小雨が降ったり止んだりだった。

電動自転車を借りて、ビニールの雨がっぱで防水し、ニシ浜へ。

やっぱり行って、正解だった。

長い砂浜を独り占めして、足元を水に晒しながら、傘をさしててくてく歩く。

時々、大きな波が来てズボンが濡れてしまったけど、ものすっごく気持ちよかった。

雨が強くなると東屋で雨宿りし、雨が止みそうになると海を歩くのを繰り返した。

晴れてピカピカの海もきれいだけど、少し霞んだ小雨混じりの海も、素敵だ。

シュノーケルをしている人もちらほらいたけど、お魚はほぼ見えなかったらしい。

2便の運行が決まったというので、本当は夕方までいるつもりだったけど、念のため、午後早い時間の便で石垣に戻った。

今日はあまりそのパワーが発揮できなかったものの、基本的に私は晴れ女だ。

私自身は日光アレルギーなので、あんまり快晴になるのも困り物だけど、天気予報を覆して晴れになることが多々ある。

そして、私は地震女でもある。

旅先で、結構な確率で地震に遭うのだ。

昨夜も寝ている時、グラグラっと揺れを感じた。

晴れ女はまぁいいとして、地震女は全然嬉しくない。

石垣に戻ってから、ねーさんと新しくできたカフェでコーヒータイム。

夜は、大好きな沖縄料理の店でごはん。

ねーさんのおうちのお庭になったミズレモンとグァバを頂いた。

明日、黒島に持って行って朝ごはんに食べよう。

3度目の黒島へ

3月24日

朝、ホテルを7時半に出て、船に乗って黒島へ。
カゴには、朝ごはん用のフルーツやらおやつやら、タオルやらが色々入っている。
海に入る気満々で、中に水着を着て出かけたのだ。
黒島までは、船で30分くらい。
黒島に近づくと、急に海が青くなる。

黒島を訪ねるのはこれで3度目だ。
1度目は、NHKで放送されたドラマ『つるかめ助産院』のロケ現場を見に来た時。
ただ、この時のことはほとんど覚えていない。
そして2度目は、ちょうど一年前、友人とその娘ちゃんと。

その時、結婚して黒島に嫁いだマキちゃんと知り合ったのだった。

まずは、港のすぐ横にあるお気に入りのビーチへ直行する。

産道みたいな細い道を通って、岩と岩の間をやっとくぐり抜けると、海に出る。

私、この場所が、ものすごく好きだ。

今日は、ここでひとりピクニックを楽しむ。

案の定、朝の砂浜には誰もいなくて、私だけのプライベートビーチを満喫できた。

曇りだったので、水は結構冷たかった。

海に肩まで浸かるつもりで水着を着てきたけど、ちょっと寒そうなので、まずは砂の上にあぐらをかき、たっぷり瞑想する。

波の音を聞きながら、呼吸を意識して心を鎮める。

パッと目を開けた時の目の前の海の美しさに、毎回同じように感動した。

生きているって、なんて素敵なことなんだろう。


小腹が空いたので、途中、ミズレモンとグァバを食べる。

今、ものすごーく好きな果物がミズレモンだ。

去年の暮れに、石垣島からねーさんが送ってくれて、初めて食べた。

見た目はつるんとしたレモンなのだけど、手触りがふわふわしている。

触っているだけで、安心するような、そんな感じ。

一箇所、ちょっとだけ割れ目を入れ、そこに口を当てて、チューっと吸うと、中から甘酸っぱい種が出てくる。

これが、実においしい。

種は、ゼリー状の何かに包まれていて、とにかくなんとも言えず爽やかで、微笑(ほほえ)ましい味なのだ。

食感としては、パッションフルーツに近い。

石垣でも、作っている人はまだ少なくて、なかなか手に入れることができない貴重なフルーツとのこと。

今朝いただいたのは、ねーさんがお庭のジャングルで手塩にかけて育てた、小さな小さなミズレモンだ。

海を見ながら、ミズレモンが食べられるなんて、最高に幸せだった。

本を読んでは海に足をつけ、寒くなったら上がって温かいお茶を飲み、そんなことを繰り返していたら、あっという間に3時間が過ぎていた。

海を離れるのはとてもとても名残惜しかったのだけど、マキちゃんにも会いに行きたいので、海に別れを告げた。

それから、レンタサイクル屋さんに行って、電動自転車を借りる。

マキちゃんとようやく連絡がついたのは、昨日の夜だった。

なんとなんと、マキちゃん、お母さんになっていた。

去年、私たちと会ってすぐに新しい命を授かり、里帰り出産をして、赤ちゃんと共に黒島に戻ったのが、つい一週間前だという。

この一年で、マキちゃんの人生に激動が訪れていた。


牛のいるのどかな風景を見ながら自転車をこいで、マキちゃんの家を目指す。

もし会えなかったら、もう家の前にお土産を置いて帰ろうと思っていたところだったので、本人に直接会えるのは、すごく嬉しい。

しかも、赤ちゃんにまで会えるなんて、二重の喜びだ。

マキちゃんとは、同じ東北出身で、しかもバルト三国つながりでもある。

去年初めて会った時は、お互い、リトアニアの同じブランドのワンピースを着ていてびっくり。

ものすごく小さなブランドなのに。

マキちゃんは、ラトビアをはじめとするバルト三国の手仕事を紹介する仕事をしていたり、自分でも布を織ったり、とても魅力的な女性だ。

不思議なご縁を感じずにはいられない。

マキちゃんの家は、すぐにわかった。

一年ぶりに、再会する。

そして、マキちゃんから、大きなサプライズが待っていた。

なんとなんと、赤ちゃんの名前が、糸ちゃんだったのだ。

これには、本当に本当にびっくり〜!!!

この世界に出てきてまだ一月半の糸ちゃんを、抱っこさせてもらった。

なんという可愛らしさだろう。

体はまだふにゃふにゃなのに、でもしっかりと力強く生きている。

生命の、ものすごい神秘を感じた。

だって、一年前は、まだどこにも存在していなかったのだ。

それが、マキちゃんの胎内で育まれ、今、こうしてたくましくミルクを飲んでいる。

糸ちゃん、めちゃくちゃかわいくて、ずっといつまでも抱っこしていたくなった。

それでも、私は午後の早い便で石垣に戻らなくてはいけない。

マキちゃんと糸ちゃんにバイバイし、自転車を飛ばして港を目指した。

幸せで、幸せすぎて、この感動をどう表していいかさっぱりわからないのだけど、とにかく、全てが神様からのギフトなんだなぁ、としみじみ感じた。


黒島に糸ちゃんがいると思うだけで、私はとてもハッピーな気持ちになれる。

糸ちゃん、生まれてきてくれて、ありがとう。

今度は、ジャングルで遊ぼうね！

柳で編んだラトビアのカゴで眠る糸ちゃんを思い出すだけで、キュンとしてしまう。

めんこいめんこい（かわいいかわいい）糸ちゃんだった。

ボロボロジューシー　3月25日

辺銀一家と「はてるま」へ行ってきた。

この場合のはてるまは、島の名前ではなく、西表島（いりおもてじま）にあるごはん屋さん。

もう12、3年前になるのかなぁ。

「ソトコト」という雑誌で、取材させていただいた。

当時は、ナナ子さんという波照間島出身の女性が、一人で店を切り盛りしていた。

自ら漁に出て魚をとり、土を耕して野菜を育て、それを料理して出す、本当に素晴らしい店だった。

今は、ナナ子さんの息子さんが店を継ぎ、料理を出してくれる。

夕方の最終の便で西表へ行き、近くの民宿に泊まって、みんなでご飯を食べに行く。

西表でとれたモズクの酢の物、地魚のお刺身、長命草（ちょうめいそう）のサラダ、クーブーイリチー（細い昆布の炒（いた）め物）、どれもお見事。

懐かしい、ナナ子さんの味がする。

とりわけ、猪の焼肉は絶品だった。

皮の方からじっくりと焼いて、身の方はさっと火を通すだけにして、わさびと塩でいただく。


途中、ご飯をもらって、お寿司にして食べてみたり。

緑の野菜は、沖縄でよく食される、オオタニワタリという山菜だ。

これも、ほんのり粘り気があって、大好きなもの。

こういう、ちょこっとだけお肉を食べる食事が、一番嬉しい。

締めのご飯は、ボロボロジューシー。

これは、混ぜご飯をお粥（かゆ）にしたもので、昨夜はイカ墨味のボロボロジューシーだった。

デザートまで完食し、大満足で店を出る。

その後、散歩がてら夜道を歩いた。

本当に本当に、真っ暗。

一寸先は闇って、このことだと思った。
歩いていると、ちらほら、蛍の明かりが見える。
小一時間闇夜を散歩した。

朝は、小鳥の声で目を覚ます。
西表は、緑が濃厚だ。
石垣島から比べると、圧倒的に静か。
そこここに、生き物の気配を感じる島だ。

朝一番の船で石垣に戻って、オイルマッサージの施術を受ける。
ねーさんと、南インドに行ったことを思い出した。
まるで、ここはインドだ。
最高に気持ちよかった。
そして、お昼はベジタリアンインド料理の店へ。
ミールスのセットを、もりもりいただいた。
店の雰囲気といい、味といい、やっぱりここもインドだった。

石垣島にいると、まるで外国を旅しているような気分になる。


今日は、石垣ステイ最終日だ。

最後の一日として、これ以上ふさわしい過ごし方はないというくらい、完璧だった。

仕事の方は、ちょうど端境期だ。

端境期というのは、古米と新米が入れ替わる時期のことをいう言葉だけど、私の場合は、ひとつの物語がなんとなく自分の手を離れ、また新たな物語を迎えようとしている、そんな時期のことをいう。

そういう時は、思いっきりリラックスして、気分転換して、前の物語のことを、いったん全部忘れてしまう。

更地に戻すような感じなのだが、それには旅がうってつけなのだ。


今回の端境期は、それがとてもうまくいった気がする。

それも全て、ねーさんをはじめとする辺銀一家と、石垣島のおかげ。

東京に戻ったら、また新しい物語を迎え入れよう。

昨日のはてるまでの夕食の時、もうすぐ19歳になる息子のタオが、

「パパ、僕のことインスタに書く時、『タオくん』って呼ぶの、やめてくれる？　同級生に見られて、恥ずかしいんだけど」

と言って、お父さんが、ごめんなさい、と謝る会話とか、なかなか普段は味わえない家族の時間を垣間見ることができて幸せだった。

「ちゃん」づけで呼ばれるよりはいいんじゃないの？　とフォローしておいたけど。

清らかなエネルギーをたっくさんもらった4日間だった。

さよならべいべ

3月30日

桜が満開だ。

東西南北どっち方面に歩いても桜があるから、毎日、ゆりねとお散歩しながらお花見を楽しんでいる。

桜はいいなぁ。


ねーさんからの影響で、私まですっかり風君ファンになってしまった。

藤井風君。

なんという才能。

声も楽曲も顔も全ていいけど、ハートがずば抜けていい。

この、今の社会の閉塞感を打開できるのは、音楽しかない気がする。

どうか、思う存分に駆け抜けてほしい。


石垣島で、チネイザンを初体験し、私はすっかりデトックスされた。

チネイザンは、氣内臓療法とも呼ばれ、古代道教であるタオに古くから伝わってきたお腹マッサージを基本に、タオイストであるマンタクチアという男性が確立したもの。

本来の自分を取り戻すというマッサージだ。

チネイザンで特徴的なのは、お腹（内臓）に感情が宿るという考え方で、つまりチネイザンでは、お腹をほぐすことで内臓に溜まっていた感情（主に負の感情）も浄化してくれるのだ。

私も、心身の両面ですっかりデトックスされた。

それは、もう本当に見事な施術だった。

そして、自分もこれができるようになりたい、と強く思った。

以前から、何かひとつ、ちゃんとセラピーの技を身につけたいな、と思っていたのだけど、私がやりたいのはチネイザンかもしれない。

だから今、ものすごくチェンマイに行きたくて仕方がない。

チェンマイのタオガーデンに行って、マンタクチアに会いたい。

コロナが下火になってまた自由に海外に行けるようになったら、タイのチェンマイに行こう。

まずは、そのために日本でできる勉強をしようと思っている。


今日は、風君の曲をガンガンにかけながら、石鹸（せっけん）を作った。

気温が20度くらいだと、石鹸作りにちょうど良くなる。

今まで1回に作っていた量の倍の量で、作ってみる。

どうせ同じ作業をするのだから、まとめて作ってしまった方が効率がいいと思ったのだ。

結果は、大正解。

最後に蜂蜜をちょろっと入れて、蜂蜜石鹸にする。

自分で石鹸を作るようになってから、自分の石鹸しか使いたくなくなってしまった。

これで、3ヶ月分くらい。


目標は、風君の「さよならべいべ」をカラオケで上手に歌えるようになること。

目下、猛練習に励んでいる。

今夜は、先日日本に一時帰国したぴーちゃんが送ってくれたスナップエンドウと、雑穀のスープ。
ちびりちびり白ワインを飲みながら。
私、こういうご飯が、一番好きだなぁ。

静かに過ごす

4月3日

少し前、光時計を買って使うようになってから、目覚めが格段に気持ちよくなった。

光時計は、目を覚ましたい時間の確か30分前から明かりが付き、その明かりも3段階あって、最初は仄暗(ほのぐら)い明るさ、次に真ん中の明るさ、最後に一番強い明るさになる。

たいていは、途中で目が覚める。

そして、設定した時間になると、小鳥の囀(さえず)りが聞こえるという目覚まし時計だ。

私は小鳥の囀りを選んだけれど、他にもいくつか音があって、自分で好きな音を設定できる。

その音も、最初は小さくて、徐々に大きくなっていく。

今まで、いきなり音で起こされていた不快感はなんだったんだ！　というくらい、光時計での目覚めは心地よい。

もっと早くから導入しておけばよかったと悔やまれるほど。

お値段もそんなに高くないし、普通にライトとしても使えるし、これはなかなか優れものなのではないかと思っている。


今日は朝から雨だ。

雨の日曜日。

ヨガは昨日のうちに行ってしまったし、新聞を読んだ後は、本を読んだりして、のんびりと時間を過ごす。

週末は一切、仕事をしない主義なので。


朝昼ごはんには、お粥を炊いた。

自分をリセットしたい時、私はよくお粥を炊いて食べる。

自分の胃袋にちょうどいいお米の量のコップやぐい飲みなんかを見つけておくと、炊きすぎることもなくいい塩梅の量のお粥ができる。

ちなみに私は、ドイツで随分前に買った小さいショットグラスを使っている。

ショットグラス一杯分の白米に、水は同じグラスで6杯。

これで、六分粥になる。

蓋をせず、最初は中火ぐらいで炊いて、お湯が沸いてお米が躍るようになったら一回だけ鍋底についたお米を剝がすようにスプーンなどでそっとかき混ぜ、隙間ができるように蓋をずらして被（かぶ）せ、弱火でコトコト、炊き上げる。

シンプルなのに、やけに滋養があって、体の中がスッキリする。

午後は、また読書をし、顔につけるクリームがそろそろなくなるのを思い出して、スキンクリームを作った。

作ると言っても、蜜蠟（みつろう）を溶かし、そこにオイル（今回はホホバオイルと伊豆大島産の椿油）を混ぜて、精油を垂らすだけ。

今日使った精油は、それぞれイランイランと、ラヴィンツァラ。

イランイランは神経のバランスを整え、抗鬱作用があり、ラヴィンツァラは、ウィルスや菌に強く、肝臓を保護し、安眠を招いてくれる。

もう一種類作ったのは主にかかと用のクリームで、これにはシアバターと椿油を使った。

冬になると特にかかとが乾燥して、それが長年の悩みの種だったのだけど、シアバターがいいと聞いて試しに塗ってみたら、一発で赤ちゃんみたいなふかふかのかかとが甦（よみがえ）った。

以来、寝る前にこのクリームをセルフケアで足裏のマッサージをするのに使っている。リップクリームにせよ石鹸にせよ、自分で作れば市販のものよりも驚くほど安く、しかもいい素材で自分好みの香りに仕上げることができる。


3時のおやつはカステラ。

お茶は、ほうじ茶を入れる。

なんだか、お茶を飲んでおやつを食べるばっかりの人生だ。

20代の頃から、私はほうじ茶を色々色々飲んできたけれど、今飲んでいる京都の森井ファームのほうじ茶が一番好きかもしれない。

農薬も化学肥料も除草剤も畜産堆肥も使っていなくて、ものすごーく誠実で実直な味がする。

いつか、生産者を訪ねてみたい。

雨が止まないので、今日はゆりねのお散歩にも行けそうにない。

夜は、自分で焼いた田舎パンとソーセージでも食べようかな。

野菜は、ぴーちゃんが送ってくれたプチヴェールでも茹でて、オリーブオイルと塩でもかけて食べよう。

昨日開けた赤ワインもまだ残っているし。

こんなふうに、誰とも会わず静かに過ごす日曜日も悪くないなぁ、と思う。

一日中、雨に合うしっとりとしたピアノの曲を聴いて過ごした。

立て続けに作った石鹸が、ふたつ並べて置くと、まるで現代アートのようでなかなかカットすることができないでいる。

海へ

4月8日

サクッと、海へ行ってきた。

お昼を持って海に行くつもりだと伝えたら、のんのんが焼きたてのキッシュと人参(にんじん)のラペを持たせてくれる。

のんのんの電動自転車を借りて、初の鎌倉サイクリング。

もちろんレンバイに立ち寄って、例のあれもゲットした。

若宮大路をひたすらまっすぐまっすぐ海へ向けて自転車を走らせる。

由比ヶ浜(ゆいがはま)の駐輪場に自転車をとめ、砂浜へ。

気持ちいい。

ビーチサンダルを脱いで、裸足(はだし)で歩く。

最近、旅に出る時、ゆりねのマットを持って行くようにしている。

ベルリン時代、レストランやカフェに入った時、ゆりねがその上で寝そべったりできるようにと買ったマットなのだけど、正直、あまり使うシーンがなかった。

いくらマットを敷いても、ゆりねはそこを避けて、床に直接ペタッと寝るのが好きだったので。

でも、防水だし、軽いし、くるくる丸めることができるので、ふと旅先に持って行ったら私が使えるかもしれないと閃いたのだ。

結果は大正解で、特に海に行く時は、このシートを広げるとちょうどよく一人分の座るスペースが確保できる。

他にも、枕になったり、椅子が冷たい時の座布団になったり、何かと重宝する。

もう一つの旅の必需品は日傘で、晴雨兼用の折り畳み傘だ。

直射日光に弱い私は、日傘が欠かせない。

特にビーチは陰がないので、日傘をさして、自分で陰を作るしかない。

この傘は、海外にもたくさん行っているし、日本でも多くの旅を共にしている。

ビーチには、まばらに人が来ていた。

春休み中の地元の子どもたちが、元気よく海辺を走り回っている。


海に近い所に場所を確保し、まずはランチを食べる。

最高だ。

太陽の下で食べるごはんは、健康的な味がする。

食べ物は十分あったのだけど、さっきレンバイに行ったら、やっぱりつい、はなさんの暖簾をくぐってしまった。

これが、今度の作品の大事な食べ物として登場する。

太巻き寿司なのだけど、ものすっごく、おいしい。

これが食べたいがために鎌倉に来ると言っても、過言ではないほど。

私は、この太巻き寿司に惚れている。


潮が引いて、海藻とりをしている人たちがちらほら。

この時期にしかとれないメカブが、ものすごくおいしいらしい。

あと、ワカメのしゃぶしゃぶも、春ならではのご馳走だ。

そういう旬の食べ物は、地元の人しか食べられない。


ビーチサンダルを脱いで、海に入った。

ものすっごく気持ちいい。

水は、思ったほど冷たくない。

寄せては返すさざ波の、なんと柔らかいこと。

30分くらい、ぼーっと波に足を浸していたら、なんだか瞑想しているような気分になる。

一応、ビーチで読もうと思って文庫本とメガネを持ってきていたのだけど、文字は一文字も読む気にならず、ただひたすら波と戯れて時間を過ごした。

海を出て、午後は鎌倉在住の友人と待ち合わせて古我邸のカフェでお茶をする。

ここは、鎌倉の穴場中の穴場だと思う。

昔の洋館のお庭がカフェになっているのだが、この庭がとてもとても素敵なのだ。

桜も、ちょうど見頃だった。

至る所に、お花が咲き乱れている。

『椿ノ恋文』　4月9日

今日から、神奈川新聞で『椿ノ恋文』の新聞連載が始まった。
初めての、新聞連載。
『ツバキ文具店』『キラキラ共和国』に続く、ポッポちゃんシリーズの第3弾だ。
取材のため、去年は月一回くらいのペースで鎌倉に滞在した。
そして、実はこの文章も鎌倉で書いている。
段葛（だんかずら）の桜がきれいだ。
ポッポちゃんのおかげで、私にとっても、鎌倉が心のふるさとになりつつある。
鎌倉に身を置いていると、どうしてこんなにときめくんだろう。
本当に、ただ町を歩いているだけで、ワクワクする。
近くに海も山もあって、自然のエネルギーを常に感じられるのがいい。

鎌倉に暮らしている人も、皆さんすごく魅力的だ。

目が生き生きと輝いていて、自らの意志で鎌倉を選び、この地での暮らしを愛し、楽しんでいるのが伝わってくる。

個人経営の小さい店が星のように散らばっていて、無理せず、自分の生活を大切にしながら商いを続けている。

とても理想的なコミュニティーだ。


今回の物語では、山だけでなく、海もまた、いろんな場面に登場する。

昨日は江ノ電に乗って、藤沢に暮らす友人に、お昼、つるやさんの鰻重を届けた。

鎌倉高校前に近づくと、やおら乗客がスマートフォンを取り出して、海を写真に収め始める。

スーツを着ているサラリーマンも、息子を抱っこしたお母さんも、若いカップルも、海を前にして優しい表情を浮かべている。

そんな、ちょっとしたワンシーンに遭遇するだけで、心が緩む。

こういう時間を過ごせるだけで幸せだし、ありがたいことなんだと身に沁(し)みて思う。

私の文章としゅんしゅんさんの絵で、素敵な朝をお届けできたら、そんなに嬉しいことはない。

大人の鎌倉

4月11日

鎌倉の余韻が、まだヒタヒタと続いている。
昨日から、ゆりねの散歩を朝の時間帯に変えた。
気温が20度を超えると、日中、ゆりねは暑がってあまり歩きたがらなくなる。
今朝も、6時前に家を出て、近所を歩いた。
もうすっかり桜が散っている。
これからは、葉桜が眩(まぶ)しい季節だ。
朝の空気は、なんて気持ちがいいのだろう。
最近、北鎌倉がすごく好きだ。
鎌倉ももちろんいいけど、北鎌倉はこぢんまりしていて、大人の鎌倉という気がする。

鎌倉について全くの無知だった頃は、駅を出て、小町通りを歩いて、八幡様でお参りして、それが鎌倉の全てだと思っていた。

でも、今から思うと、それは全然、鎌倉の魅力を知ったことにはならない。

むしろ、小町通りは避けて歩きたいエリアだ。


週末は、さすがに鎌倉には人が溢れていた。

それで、北鎌倉を散策した。

ずっと行きたいと思っていたお店が2軒あり、そのお店の店主と話をしたりしていたら、あっという間に時間が経っていた。

もし鎌倉エリアに住むんだったら、私は北鎌倉がいい。

基本、山だから、坂道が多くて大変なんだけど。


本日のおやつは、マヤノカヌレのカヌレ（チョコレート味）。

北鎌倉の駅の近くに、とっても素敵なカヌレ屋さんができた。

素敵なだけでなく、ものすごく美味しい。

でも金、土、日しかあいていない。

絶品です。

すぐに売り切れてしまうので、北鎌倉を散策する前に、まずは予約して行くことをお勧めします。

そして、私の大好きな、morozumiとラボラトリエ。

どちらも、とてもとてもわかりにくい場所にありますので、お出かけの際は、きっちり下調べをしてくださいね！

私もいまだに迷います。

原作者として

4月13日

作家の山内マリコさんと柚木麻子さんが、「原作者として、映画業界の性暴力・性加害の撲滅を求めます。」と題した声明文を発表した。

私もこれに、同業者として賛同している。

お二人が書かれた声明文にもあるように、自分の作品が映画化、映像化されるということは間間（まま）あることではある。

けれど、その制作に関して、大きく関与するかと言ったら、私の場合、そんなことはない。

一応、脚本は送られてくるけれど。

キャスティングに関しても、別に何も言わないし。

基本、映画は映画監督の作品だと割り切っているので、私は傍観者という立ち位置でいることの方が圧倒的に多い。

でも、その映画監督が、自らの立場を利用して、性暴力、性加害をしているとしたら、私は果たして、全く無関係と言って傍観者のままでいていいのだろうか。

最近、勇気を振り絞って、性暴力、性加害の実態を告発している人たちがいる。

同意なく、単なる力で相手の体をねじ伏せよう、手に入れよう、欲望を満たそうとするのは、本当に卑劣で情けなく、最低の行為だ。

今回、山内マリコさんと柚木麻子さんが、声明文を出してくださった。

もしお二人が素早く行動に移してくれなかったら、私は傍観者のままでい続けただけ。

若い二人が声を上げてくださったことに、心からの拍手を送りたい。


性に関わることは、それが密室で行われるだけになかなか公にされないけれど、それを許してしまったら、ただただこれからも被害者が増えるだけ。

だから、勇気を出して告発することは、本当に素晴らしいことだと思う。

そういう人に冷たい目を向ける社会であってはいけないし、誰もが気持ちよく生きていける世の中になるため、私たちはまだまだ、発展途上にあると思う。

こういうことに対しての、男女での感覚の違いというのも、是正していかないといけないんじゃないかな？

男性と女性とで、一概には言えないけれど、まだまだ男性側の認識の甘さというのは、あるような気がしてならない。

特に性に関しては、相手が嫌だと感じることは、すべてNGなのだということを、声を大にして言いたい。

もし、好意を抱く相手がいるなら、正々堂々、自分の魅力で勝負してほしいし、それができないなら、然るべき場所で、性欲を満たしてほしい。

害を加える側は、ほんの一時の軽い冗談のつもりでも、害を受けた側は、深く傷つき、長く苦しむことになる。

場合によっては、それまで歩んできた人生を、木っ端微塵に壊されてしまうかもしれない。

どうかそのことを、忘れないでいてほしい。

少しでも、この世の中が、みんなにとって生きやすい社会となりますように！！！

タケノコファースト　4月15日

ＪＲの恵比寿駅で、客からの「不快だ」という苦情を受け、ロシア語の案内を貼り紙で隠していたというニュースが新聞に載っていた。

結局、元に戻したそうだけど。

どうして、こういうことになるかなぁ、と、この手のニュースに接するたびに、首をひねる。

不快だと苦情を言う方も言う方だけど、応じる方も応じる方だ。

もちろん、ここ最近のウクライナに対するロシアの蛮行を見ていて、ロシアの人たちへのやり切れない思いというのは、確かにある。

だからと言って、ロシア料理店に嫌がらせをしたり、コンサートの演目からロシアの楽曲を外したり、今回みたいにロシア語の案内を見えなくしたりするというのは、筋が違うんじ

題は解決しない。

やない？　と思う。

だって、親ガチャじゃないけど、自分で自分の生まれる国は決められないのだし。

一般のロシア人に対して差別をしたところで、それは単なる嫌がらせであって、少しも問

今、世界中にいるロシア人は、とても肩身の狭い思いをされていることと思う。

ベルリンにも、ロシア人はたくさん住んでいた。

なんてことを書いていたところで、京都からタケノコが届いた。

そんじょそこらのタケノコとは、訳が違う。

これは、京都の西、塚原地区で採れた、ピンのタケノコ。

去年、その味を初めて知った。

なんと、新鮮なタケノコなので、アク抜き用の糠(ぬか)は入れず、ただお湯で湯がくだけで食べられるという。

なんなら、刺身でもいけちゃうくらい、アクの全くないタケノコなのだ。

でも、こういう宝石のようなタケノコに育てるには、草刈りをしたり、土を柔らかくしたりと、農家さんのたゆまぬご苦労があってこそ。

白く柔らかい上物のタケノコは、手塩にかけて育てた証なのだ。

急いで、外側の皮を剝いて、家にある一番大きな鍋に並べた。

何はさておき、まずはタケノコの息の根を止めなくてはいけない。

生命力の強いタケノコは、どんどん芽を伸ばそうとするから、なるべく早く、その命に終止符を打つ必要があるのだ。


原稿書きをほっぽり投げて、しばし、タケノコのお世話をした。

タケノコ屋のおじさんに教わった通り、糠は入れず、水だけでコトコト下茹でする。

今、部屋中に、清らかなタケノコの香りが広がっている。

旬の食べ物は、ダラダラと何回も食べず、一回、いいものをちょっと多めに味わって、後は一年後を待つ、というのが、最近の私の食べ方だ。

芹に関しては、なかなかそれが難しいけど、イチゴでも水茄子でも、良いものを一年に一回だけ味わって食べる。

そうすると、よりその食べ物へのありがたみが増す。

今日は、タケノコをしみじみ食べ尽くそう。

今週から、朝の7時25分に目覚ましをかけている。

自分はとっくに起きているので、目を覚ますためではない。BSで朝ドラが始まる5分前に、「もうかけないと、ついうっかり見逃してしまうから、音が鳴るように設定したのだ。

そろそろ始まりますよ～」の意味で、音が鳴るように設定したのだ。

今週から、朝の連続テレビ小説は、『ちむどんどん』。

沖縄が舞台で、料理を、オカズデザインのふたりが担当している。

ものすごく前から準備をしていて、話を聞く限り、面白そうと前から期待していたのだ。

おそらく、私にとっては『あまちゃん』以来の熱狂になるに違いない。

一週目から、楽しいし、内容が深いし、映像が良いしで、見ごたえ満点。

ただ、朝から美味しそうな料理がたくさん登場するので、お腹が空くのが難点だけど。

見ていると、今すぐ沖縄に行きたくなってしまう。


今日は、タケノコファースト。

どんな料理に仕上げようか、さっきから頭を悩ませている。

春になったら、海に行こう

4月25日

朝、鳥の声で目を覚ました。

いつもの、光時計から聞こえる録音された鳥の声ではなく、本物の鳥の囀り。

ある時間を境に、一斉に鳥たちが喋(しゃべ)り始める。

まるでその声が、木々の梢からシャワーのように降ってくるのだ。

鳥の声で目を覚ますのって、なんて幸せなんだろう。

沖縄に行ってきた。

先月は石垣島だったけど、今回は本島へ。

どうしても、八重山に行く機会が多くて、実は本島って、ちゃんと見て回ったことがない。

ほとんど初めてと言っても、過言ではないくらい。

しかも、取材の仕事で、私は編集者を助手席に乗せて、運転するという初の試み。

ついでに言うと、写真も自分で撮らなくてはいけないという、なかなか盛りだくさんの旅だった。


鳥の声で目を覚ました私は、そのまま水着に着替えて、車を運転して海に行った。

自分で運転できると、こういうことが可能になる。

目指すは、ヤハラヅカサ。

ここは、ニライカナイから久高島（くだかじま）にやってきた琉球の創世神であるアマミキヨが、沖縄本島で最初に降り立ったとされる海岸。

近くには祈りの場である浜川御嶽（はまがわうたき）もあり、アマミキヨが仮住まいをした場所と言われている。

ヤハラヅカサは、女性のための浜とのこと。

細い道の先に、海が見えた。

朝の海って、本当に素敵だ。


最初にお祈りをし、それからゆっくり、海の方へと一歩ずつ近づく。

海には、ポツンと石碑が建っていて、満潮になると海水に沈み、干潮になると姿を現す。

同じ場所に、香炉もある。

ここは、とてもとても神聖な場所なのだ。

水は、それほど冷たくはなく、ちょっとずつ体を慣らしながら、最後は肩までしっかり入って軽く泳いだ。

気持ちよくて、いつまででも入っていたくなる。

海から見る森の景色も最高だった。

海で朝の沐浴（もくよく）をしながら、地球に生まれた幸せを噛（か）みしめた。

ニライカナイは、海の向こうにあると信じられている理想郷。とても美しく、素晴らしい世界だ。

二日連続で、この海に入れたことに、心からの感謝を！

ありがとうございました。

能登といい鎌倉といい石垣といい沖縄といい、最近の私は海に呼ばれている。

海に浄化してもらい、エネルギーをたっくさんもらって帰ってきた。

これからは毎年、春になったら、海に行こう。

キリンの命と人の命

4月27日

知床半島沖の海上で、観光遊覧船の沈没事故が起きた。
乗客と乗員を含め、26人が乗船していたという。
冷たい海に投げ出された方たちのことを思うと、本当に胸が張り裂けそうになる。

今月中旬、ひまわりという名の一頭のメスのキリンが、トラックでの移送中に命を落としたという。

ひまわりは1歳8ヶ月で、神戸市内の動物園で飼育されていたが、繁殖のため、オスのいる岩手の一関（いちのせき）まで、22時間かけて運ばれる途中の事故だった。

ひまわりは、頭までの高さが、約3メートル。
けれど、トラックの荷台に積まれたオリは、高さが2メートル65センチしかない。

道路交通法にのっとって、そうせざるを得なかったとのこと。

ひまわりは、立った状態ではなく、脚を広げた状態で、首を前に伸ばした姿勢で収容された。

神戸を出て10時間後、新潟市内のパーキングエリアで、ひまわりが倒れているのが見つかったそうだ。

姿勢を変えようとして転び、狭いオリの中で首が折れ曲がってしまった。

死因は、呼吸不全と循環器不全。

痛かっただろうに。苦しかっただろうに。

私は、ひまわりが不憫(ふびん)でならない。

キリンの命も、海に投げ出された26名の人間の命も、どちらも本当にかけがえがなく、尊いもの。

本来なら無くなることのなかった命だ。

一体、これらの命と引き換えにして得たかったものとは、なんだったんだろう。

どちらも、判断を下した責任者や関係者を責めるのは容易(たやす)いけれど、問題は、そこだけではないような気がする。

心より、ご冥福をお祈りします。

ホームステイ中

5月5日

世の中は、ゴールデンウィークなんですね。

私は、連休の前半、取材で山形へ行ってきた。

そして東京に戻ってからは、ひたすらひたすら原稿を書いている。

今週から、ぴーちゃんがわが家にホームステイ中だ。

ベルリンで出会った画家のぴーちゃんは、今、南フランスに住んでいる。

生のぴーちゃんに会えるのは、2年ぶり。

ぴーちゃんが日本にいるというだけで、私はなんだかすごく嬉しい。

お揃い(そろ)のパジャマ（腹巻きがついたマタニティー用のスパッツ）を穿(は)いて、同じ格好で家の中をウロウロしてたり、一緒に洗濯物を畳んだり、そんな時間が無性に愛おしく感じてしまう。

ベルリンでも何度か預かってもらったので、ゆりねは毎晩ぴーちゃんの腕枕で寝て、明け方になると、決まって私の布団に入ってくる。

今日は、ぴーちゃんの友人でもあるアーティストの束芋(たばいも)さんの新作舞台、『もつれる水滴』を見に行った。

池袋って、なんであんなに複雑なのか。

毎回、迷子になる。

今日も、東京芸術劇場へ行くつもりが、同じ西口にある池袋演芸場に着いてしまい、ワッ、落語やん！　と焦ってしまった。

無事にギリギリ間に合って事なきを得たけど。

渋谷とか新宿とか池袋は、極力避けたいエリアだ。

この舞台は、束芋さんがアートデザインを担当し、コンテンポラリーサーカスをするフランス人のヨルグ・ミュラーさんが舞台上で踊りを披露するというもの。

日本とフランスの共同制作で、会場は満員御礼だった。

ものすっごく、よかった。

よく考えると、久しぶりの舞台だ。

一枚の布が生き物のように宙を舞ったり、束芋さんによるアニメーションの舞台演出とヨルグさんの生身の体とのコラボレーションが、幻想的で美しく、誰かの夢の中を歩いている気分だった。

束芋さんの作品が、とにかくすごい。

彼女には、2回ほどベルリンでお会いしているけれど、普段は普通の女の子って感じなのになぁ。

でも知らないところで黙々と力をため、進化しているのを痛感した。

コロナの影響で、ちゃんと開催できるかどうか不安だったと思う。

久々にアートに触れ、ベルリンにいる時の感覚を思い出した。

やっぱり、こういう時間って必要だと実感した。


今週は、ぴーちゃんのお友達が、続々と我が家にやって来る。

私はせっせと料理作り。

昨日は、料理研究家のminokamoさんがいらして、山形の山菜料理でおもてなし。

デザートをおねだりしたら、器まで持ってきてくださって、素敵な杏仁(あんにん)豆腐をご馳走してくださった。

こういう華やかな料理、私には絶対に作れない。

明日は、東芋さんをお招きしてスキヤキの宴(うたげ)の予定だし、明後日も、明明後日も、それぞれお客様。

なんだか、コロナですっかり出不精になり、自分が出かけるより、こっちに来てもらって手料理を振る舞う方が楽になってきた。

お客様がいらっしゃると、何を作ろうかとか色々考えるのが楽しいし、最近目にした新たなレシピを試してみたりすることもできる。

お土産をいただけるのも、密(ひそ)かに嬉しい。

私は、冷蔵庫にたくさんのビールやワインを冷やして待っている。

山の朝

5月11日

女子3人で、山合宿をしている。

メンバーは、ぴーちゃんと、カメラマンの鳥巣さん、私。

八ヶ岳の山小屋ができるのが待ち遠しくて、まずは別の山小屋を借りて山暮らしの予行演習をする。

昨日は車で東京から移動し、夕方近くの日帰り温泉に行って、夜は山小屋でストーブご飯。

これが、なかなか美味しかった。

小屋には、薪(まき)ストーブと石油ストーブが両方ともあって、朝晩は冷えるので両方ともつけている。

火を見ていると、本当に癒やされる。

薪ストーブの火のお世話をしながら、自然と、火の周りに人が集まってくる。

でも、実用的なのはやっぱり石油ストーブの方だった。

上に網を載せると、そこが即席バーベキューになる。


昨夜は、家から持ってきたシャンパンを開けて、山暮らしのスタートに乾杯。

まずは、道の駅でゲットした地元のキノコを焼いてみる。

美味しい。

同じ道の駅で買った刻みお揚げも、一緒に焼いた。

これも、美味しい。

鳥巣さんが持ってきてくれた、お餅も焼いた。

これも、美味しい。

ぴーちゃんが随分前に兵庫から送ってくれた山の芋も、アルミホイルに包んで薪ストーブの中で焼いた。

これも、美味しい。

基本的に、家の冷蔵庫にあった物や最近の頂き物を片っ端から段ボールに入れて持ってきたのだけど、こうやって食べると、山の魔法がかかって、もともと美味しい食べ物が、更にもっともっと美味しく感じられるようになる。

最後、同じく道の駅でゲットした芹とお揚げを、昆布だしでしゃぶしゃぶにしていただく。

これも、美味しい。

ストーブ料理の何もかもが美味しくって、3人、笑いが止まらなくなる。

デザートは、これも昨日の朝届いた蓮根餅を食べる。

そして、私はすぐに寝た。

ぐっすり、ものすごく深く寝た。


鳥の声で目覚めた。

朝、早めに起きて下でお茶を飲みながら新聞を読んでいたら、

「糸さん、もうご飯炊けてるの～？」と、眠たげなぴーちゃんの声が上のロフトから降ってくる。

昨日あんなに食べたのに、もうお腹が空いたという。

それで、慌てて家から持ってきたご飯を炊いた。

お味噌汁は、最近よくやっている、即席お味噌汁。

これは本当に便利で、自分で作ったお味噌に、青海苔などの実と粉だしをあらかじめ混ぜておいたもの。

これだと、もうお湯を注ぐだけで即席の手作り味噌汁になる。

普段は、煮干しで出汁を引くけど、忙しい時とかは、この即席お味噌汁が、ものすごく重宝する。

炊き立ての白いご飯に、昨日道の駅で売っていた、ひとパック８００円もする高級卵の卵かけご飯で朝ご飯にした。

３人が、ひたすら卵を混ぜるカシャカシャカシャカシャという音が、微笑ましかった。

そして、残ったご飯は塩昆布を混ぜて、お昼に食べるおむすびにする。

レストランとかに行かなくても、こういうご飯が一番おいしい。

今日は晴れているので、山へ。

白駒の池から、山登りだ。

雪と苔の世界へ

5月12日

ずっと行きたいと思っていた、白駒の池へ行ってきた。

ここは、日本三大原生林のひとつ。

オオシラビソやトウヒなど、木々たちがあるがままの姿で根っこを張り、朽ちたり、芽を伸ばしたりしている。

もう、どこを見ても美しすぎて、ただただため息の連続だった。

池に近づくにつれて、途中から雪の上を歩く。

ざっく、ざっく、ざっく、ざっく。

深い空洞に落ちないよう気をつけながら、雪の感触を堪能する。

この冬ずっと雪道を歩きたいと思っていたので、5月になってようやく願いが叶った。
芽吹いたばかりの新芽と、残雪、そして苔。
太古の地球の姿に想いを馳せながら、春の気配を楽しんだ。
梢からは、ひっきりなしに鳥の囀りが聞こえてくる。
私にとっての楽園が、目の前に広がっていた。

池の湖畔を半周して、ニュウという山を目指す。
でも、途中からだんだん空が怪しくなってきた。
それで、頂上を目指すのは断念して、引き返すことにした。
山でも海でも、こういう決断は、すごく大事。
楽しみにしていた山登りはそれほどできなかったけど、私は大いに満たされた。

それにしても神様は、こんなに美しい星に人間を住まわせてくれているのになぁ。
自然が生み出すものは、すべて、どんなに小さなものでも美しいのに。
こんなにもこんなにもこんなにも美しい自然を、開発という名の下いたずらに
手を加え、簡単に壊し、傷つけてしまう人間という傲慢な生き物は、本当に愚かだなぁと思

った。

これ以上地球を傷つけたら、取り返しのつかないことになってしまうのに。

山からおりた後は、昨日とは別の道の駅へ。

そのままパン屋さんにも寄って、夜の食料をゲットする。

そして、昨日とは別の日帰り湯へ。

露天風呂やサウナを行き来しながら、たっぷりとお湯に浸かって疲れを癒やした。

夜は再び、ストーブ料理。

昨日美味しかったキノコをまた焼いて、アスパラガスを焼いて、ソーセージも焼いて、ワインを飲む。

至福だった。

笑いすぎて、今朝はちょっと、喉が痛い。

雨宿り　５月13日

今日は朝から雨。

激しく降っているわけではないけれど、せっかく素敵な山小屋にいるので、小屋にこもって雨宿りをする。

時間がたっぷりあるので、ぴーちゃんに、チネイザン（お腹マッサージ）の練習台になってもらった。

人のお腹を触っているのって、本当に気持ちいい。

されている方も気持ちいいのだけど、している方もうっとり。

特に、外から鳥の囀りなんかが聞こえてくると、至福以外のなにものでもない。

肝臓や胆嚢に残るのは、怒りや罪悪感。

心や小腸に残るのは、憎悪や短気、焦り。

脾や胃には、悩みや懸念が、肺と大腸には悲しみと鬱が、腎と膀胱には恐れが蓄積されると、チネイザンでは考えられている。

そういう負の感情が溜まってしまった内臓をマッサージすることで、こびりついていた感情を流し、心身を健やかにする。

私は今、チネイザンのほんの入り口に立っただけだけれど、もっともっと理解を深めて経験を積んだら、私のこの二つの手のひらが、周りの人の幸福のちょっとしたお役に立てるかもしれない。

ぴーちゃんは、途中から深く眠ってしまった。

お腹の後は背中のオイルマッサージもやって、たっぷり2時間、お互いリラックスタイムを満喫した。

お昼は、パンケーキ。

家から持ってきた粉と、高級卵と牛乳を混ぜて、久しぶりにパンケーキを焼いた。

ベルリンにいるときはよく、日曜日のブランチにパンケーキパーティーをしていたのを思い出す。

生クリームとバナナをのせて、しっぽり、パンケーキを食べる。

午後は、ここから車で1時間のところにある、山奥の野良湯へ。

野良湯なんていう言葉があるのを、初めて知った。

本日が最終日。

雨は雨で、それまた楽しい。

妖精のハム巻き

5月15日

私たちが気に入って、毎日その道の駅に行って毎日ストーブの上で焼いて食べていたのは、白麗茸（ハクレイダケ）という白いキノコ。

食感はエリンギ茸みたいなんだけど、香りが良くて、どんなふうに食べても美味しい。

すっかり白麗茸のファンになってしまったのだが、みんななかなかその名前が覚えられず、途中から、「妖精さん」と呼ぶようになった。

だって、キノコの袋に「白麗茸と妖精たち」というシールが貼ってあるんだもの。

最後の夜は、近くのソーセージ屋さんから買ってきた最高に美味しいソーセージとハムで盛り上がった。


そして、もちろん妖精さんも食べる。

妖精さんはすっかり人気者で、「妖精さん、そろそろ焼けますよ～」とか、「妖精さんに生ハムのお布団をかけていただきま～す」とか、はたから見たらかなり危ない感じだったけど、本人たちは至って真面目だった。

とにかく、ものすっごく楽しかったのだ。

4泊5日なんてあっという間で、このままずっとこのメンバーで合宿をしていたい気分になる。

同じ屋根の下で寝泊まりするうち、火のお世話をする人、後片付けをする人、料理を作る人、掃除をする人、音楽をかける人と、それぞれに役割分担ができて、それが綺麗にはまっていく。

時間の過ごし方の感覚も大事で、もしここにひとりでも、ガイドブックと睨めっこしたり、分刻みのスケジュールを立てたり、ショッピングをしたい人がいたら、この心地よい感覚は味わえない。

お互いに気心が知れているからこその、リラックスした山合宿だった。

結局、外食は一回もしなかった。

朝、ご飯を炊いて、残りをおにぎりにして外に持って行って食べるパターンで、ただのおにぎりでも、本当に美味しく感じる。

そして、夜はもっぱらストーブ料理の連続だった。

野菜はどれも新鮮で美味しく、しかも安いし、美味しいお豆腐もわかったし、素敵なパン屋さんとハム屋さんとの出会いもあった。


今回の山合宿で、一気に、山小屋での暮らしをイメージできるようになった。

ここでなら、見知らぬ土地でもなんとかやっていけそうだという自信が湧いてきた。

何より、信州の自然が素晴らしくて、こんな大自然のそばに身を置けると思うだけで、幸せが込み上げてくる。

生きる喜びに満ち溢れた4泊5日の山合宿だった。

旅立ちの朝

5月18日

小学1年生の時のクラスメイトに、シバサキキョウコちゃんという女の子がいた。

もう、どういう漢字だったのかは思い出せない。というか、その頃はまだ、ほとんど平仮名しか知らなかった。

幼いながらに、馬が合うというか、相性がいいのを感じていた。

キョウコちゃんと一緒にいると、すごく楽だった。

私が、人生で初めて「友情」というものを具体的に感じた相手だったかもしれない。

キョウコちゃんは、1年生の夏休みに引っ越したので、私がキョウコちゃんと友達でいられたのは、1年生の1学期のみ。

夏休みになり、夕方、母の自転車の荷台に乗せられて、キョウコちゃんとお別れしに行ったことをはっきりと覚えている。

そこからはもう手紙のやりとりもしていなくて、ただ、シバサキキョウコちゃんという名前の響きだけが私の胸に残った。

今、どこで何をしているんだろう？

もし会えるなら、会って話したい。


朝早く目が覚めて、ふと、シバサキキョウコちゃんのことが脳裏をよぎった。

今日、ぴーちゃんがフランスに旅立つ。

約2週間の同居生活だった。

家にお客さんを呼んでご飯を食べ、山小屋で合宿をして、また東京に戻ってお客さんを呼ぶ日々だった。

ベルリンにいる頃から似ているとは言われてたけど、最近は本当によく言われるようになった。

一緒にいると、ひとつのことが、10倍楽しくなる。

この2週間、笑ってばっかりだった。

だから尚(なお)のこと、ぴーちゃんが帰ってしまうのが、寂しい。

なるべく湿っぽくならず、明るくサラリと送り出そうと心に決めながら布団を出て、お米を炊く。

これから、長い時間をかけて南仏に帰るのだ。

マルセイユのアパートに着いて自分のベッドで横になれるのは、ほぼ1日後。

その間、ひもじい思いをしなくていいように、朝、せっせとおにぎりを作った。

ロシアによる戦争の影響で、ヨーロッパへの輸送手段が船便だけになっているため、今回、ぴーちゃんは自分が使う画材なんかを全て自力で運ばなくてはいけない。

大型のスーツケースの他に、大きな段ボール、手荷物もパンパン。

日本を離れて外国で暮らすことの大変さを、久しぶりに思い出した。

本当は、梅干しなんかも持って行けたらよかったのだけど、そんな余裕はさらさらなかった。

駅まで行くタクシーを見送る時は、さすがに涙が出た。

ぴーちゃんも、泣いていた。

永遠の別れでもあるまいし、と思うのだけど、色々思い出してしまったのだ。

私がベルリンに行って、ぴーちゃんと知り合って、みゆきちゃんと3人で仲良く遊んで、みゆきちゃんが旅立って、私がベルリンを離れて、コロナが来て、ぴーちゃんもベルリンを離れて、そういう一連のあれやこれやを思い出したら、涙が止まらなくなってしまった。

そして、一連のあれやこれやが、シュルシュルシュルッと、まるで巻尺みたいに自分の胸のうちに綺麗に収まるのを感じた。

私もぴーちゃんも、これまでのことがリセットされ、そしてまた新しい人生がリスタートする。

今日は、そんな旅立ちの朝だった。


ぴーちゃんを乗せたタクシーを見送り、部屋に戻ったら、ゆりねがキョトンとしている。どうやら、私とぴーちゃんがふたりともどこかへ行ってしまい、また自分だけ置いてけぼりをくらったと勘違いしていたようなのだ。

私を見て、あれ？　なんで？　という表情をしている。

ゆりねはゆりねで、人知れず、感傷的になっていたらしい。

きっと人間だったら、こっそりハンカチで涙を拭う仕草をしただろう。

昨日も今日も、ゆりねはぴったりとぴーちゃんにくっついて、腕枕で寝ていたそうだ。

ゆりねもぴーちゃんが大好きだ。

動物と友達がおったら生きていける、と言ったぴーちゃんの言葉は、本当に名言かもしれない。

ぴーちゃんが空で食べるのと同じのを私も食べようと思って、自分の朝昼ごはんもおにぎりにした。

気持ち、塩を強めにした。

杜

6月1日

環境再生医、矢野智徳さんのドキュメンタリーを見た。

タイトルは、『杜人（もりびと）』。

「杜」というのは、この場所を傷めず、穢（けが）さず、大事に使わせてください、と人が森の神様に誓って紐（ひも）を張った場所のことだそうで、矢野さんはまさしくこの「杜」の再生に励んでいる。

開発という名のもと、コンクリートで道路やダム、側溝を作り、その下には、グライ土壌と呼ばれる、空気や水が循環しない土の層が広がっている。

けれど、コンクリートで地面を覆ってしまったら、大地は呼吸できなくなる。

呼吸ができないと、地球は息苦しくなって、思いっきり深呼吸をしなくてはいけなくなる。

それが、昨今の大災害に繋がっていると矢野さんは指摘する。

人間の体がそうであるように、生きるためには空気と水を常に滞りなく巡らせることが大事。

滞ると、流れが悪くなり、そこが病の原因になる。

地球も同じ。

空気と水が巡ってこそ、本来の健やかさを維持できる。

今、地球は息が苦しくてアップアップしている状態だ。

矢野さんの解決方法は、斬新だった。

まず、コンクリートの下にある水脈を探って、そこに穴を開ける。

そして、水の流れを生み出す。

草も、全部を刈り取るのではなく、風の流れができるように下の方を残して、サクサクと刈り取る。

水脈を作るのも風の通り道を作るのも、大げさな道具は必要ない。

スコップと、小さなカマさえあれば、誰でもできる。

子どもでも、お年寄りでもできる。

地球の住人が、自分の足元の土地を、そんなふうにケアしてあげられたら、地球の空気と水の循環は途端に良くなる。

災害現場に駆けつけた矢野さんの再建方法が素晴らしいと思った。

彼は、瓦礫（がれき）となった山の中から、木の枝や石などを取り出し、そこにあったものを使って再建するのだ。

災害が起きた途端に、全てがゴミとして扱われることに疑問を感じていたという。

私も、同じように感じていた。

コンクリートも、取り除くのではなく、穴を開けたら、また粉砕されたものを被せて再利用する。

それは、新たなゴミを生まないという点で、ものすごく画期的だった。

人間がちょっとした手を加えて周辺の環境を変えるだけで、そこにあった植物たちが、見違えるように生命力を取り戻していく。

矢野さんの、植物や動物たちに対する眼差し（まなざし）が、本当に愛に溢れていた。

息をしている限りは、最大限に命を生かす努力をする。

こういう人が同じ時代に生きていると思うだけで、嬉しくなる。

矢野さんは、本当に尊いお仕事を、全身全霊でしていらっしゃる。

今、植物たちは人間の奴隷のように扱われていると指摘する矢野さんの言葉が胸に刺さった。

確かに、そう。

本来は、動物も植物も、共に生きる仲間だったはずなのに、いつからか人間は傲慢になって、人間以外の生命を下僕のように扱っている。

映画を見ながら、自分が今、山小屋を作っている選択が、間違いではなかった気がした。

私が責任を持てるのは、地球全体からしたら本当にちっぽけな区画でしかないけれど、その土地は私が守ろうと心に誓った。

そして、その場所を「杜」にしたいと。

仕事というもの　6月10日

可能な限り、夕方は銭湯に通っている。

今は徒歩ではなく自転車で行くようにしているのだけど、そうすると、最後の角を曲がる所に、たいてい、交通整理のおじさんが立っている。

おじさんは交通整理をするための棒を片手に、制服を着て、暑い日も雨の日も、嵐の日も寒い日も、同じようにそこにいる。

背格好が似ているので、最初は、ずっと同じ人かと思っていたのだ。

でも、ある日、おじさんが二人いることに気づいた。

一人のおじさんは、私が自転車で近づくと、車が来ないかを確認し、「はい、どうぞ、通ってください」などと声をかけてくれる。

私からは死角になる方から車が来る時は、「ちょっと待ってください、今、車が通りますので」などと、とても親切に誘導してくれる。

一方、もう一人のおじさんは、車が来ようが人が来ようが、全く無反応で、ただそこに立っているだけなのだ。


だからそのおじさんの時は、自分で安全を確認し、用心深く角を曲がらなくてはいけない。どうせ、同じ時間、その場所に立っていなくてはいけないのに。だったら、気持ちよくちゃんと仕事をしてくれたらいいのになぁ、と私は毎回毎回、同じように思う。

黙ったままのおじさんは、一体、何のためにそこに何時間も立っているのだろう。せっかく同じ仕事をするのなら、相手に喜んでもらった方がやりがいがあるのでは、と考えてしまうのだが。


私はもう、日本で一番美味しい食パンをわざわざ取り寄せてまで食べたいとは思わない。けれど、近所にあるパン屋さんで買ってきた食パンを、たった一枚食べるのでも、最大限、美味しく工夫して食べたいとは思う。

仕事というのは、そういうものなのではないかと、最近しみじみ思うのだ。

自分のできる範囲で、最大限できることをする。

ウィンウィンという言葉があるけど、私はそれよりも、ハッピーハッピーがいいなぁ、と感じている。


自分が何らかの仕事をする。

自分もハッピーになるし、そのことで相手もハッピーになる。

そういう、ハッピーハッピーの関係で世の中がまわったら、余計なストレスが減って、お互い、生きやすく、幸せになるのに。

誰かの犠牲や不幸や我慢の上に成り立つ独りよがりの幸せは、あんまり嬉しくない。

私の場合で言ったら、まぁ、原稿を早く書き上げて遅れないようにする、とかそういうことになるんだけど。

自分も相手も気持ちよく仕事をする、というのが、最近のモットーだ。

銭湯に行って交通整理のおじさんの前を通るたび、私はいつも、仕事というものについて考えてしまう。

読書感想文　6月21日

毎年、夏休みの楽しみは、読書感想文を書くことだった。

それを言うと、大体の人からギョッとされる。

小学1年生の頃からずっとそうだったので、みんなも、自分と同じように読書感想文を書くのを楽しみにしていたとばかり思っていた。

多くの人にとって読書感想文があまり嬉しくないものと知ったのは、大人になってからである。

書けば必ずといっていいくらい賞をいただけたので、それがやる気になった。

あとは、じっくりと一冊の本の内容に向き合えるのも、喜びだった。

小さい頃、そんなにたくさんの本を読んだ覚えはないけれど、読書感想文を書くにあたって読んだ本は、結構、覚えている。

そんな話を小耳に挟んだ毎日新聞社の方からお声がかかり、今度、読書感想文のイベントに参加することになった。

その打ち合わせで、過去のことを色々とお話ししていたら、私が中学生の時に書いて大きな賞をいただいた読書感想文の話題になり、それを探してくださったのだ。

なんと、国会図書館に残っていたという。

私も、手元にないことを寂しく感じていたから、それには大喜び。

私は中学2年生の時に書いたと思っていたのだけど、どうやら中学1年生の時の作文らしい。

『はてしない物語』を読んでの感想文だ。

その文章と、久しぶりに対面した。

結構、覚えているものである。

言葉遣いとか、文章のリズムとか。

今から思うと、ずいぶん、大人びたことを書いている。

あの時は、本当に不思議な体験をした。

本を読みながら、頭の中に書くべき文章が滝のように流れてきたのだ。

私は、それをそのまま文字にするだけでよかった。
そういう経験は、いまだに、あの時一回しかない。

毎日新聞社主催の読書感想文イベントは、7月2日（土）の午後2時から、会場とオンライン、両方で行われます。
詳細は、「お知らせ」にアップしましたので、ご興味のある方は、ぜひご参加くださいね。

べっぴんじゃがいも

6月30日

今、一緒に新聞連載のお仕事をしている素描家のしゅんしゅんさんが、広島からじゃがいもを送ってくださった。

安芸津（あきつ）産の「べっぴんじゃがいも」とのこと。

確かに、お肌がすべすべで、男性名詞か女性名詞かどちらかをつけるなら、私は断然、女性名詞をつけたくなるような麗しいお芋さんだった。

たーくさん届けてくださったので、方々へお福分けをする。

それにしても、東京は暑いのぅ。

まだ6月なのに、この暑さは何なんだ。

もう、梅雨（つゆ）も終わったという。

節電が叫ばれているので、なるべく熱源を無駄にしないよう、じゃがいもたちをお鍋に詰め、一度にまとめて下茹でした。

スーッと竹串が通るくらいまで火が通ったら、それで調理完了。

茹で上がったばかりのじゃがいもたちは、見ているだけで幸せになる。


じゃがいもを見ていたら、不意に、バルト三国に行った時の食卓を思い出した。

上の方から、エストニア、ラトビア、リトアニアと、小さな国が三つ縦に並んでいる。

隣にひかえるのは、ロシア。

ここ最近のニュースで、バルト三国の位置を理解した方も、たくさんいらっしゃると思う。

訪れるのは、大体初夏の頃だった。

どの国でも、テーブルにはじゃがいもが並んでいたっけ。

じゃがいもは、ご馳走だった。

自分の足元を見つめ、慎ましく、けれど豊かに楽しく暮らしている人たち。

私は、そんなバルト三国に暮らす人々から、大きな影響を受けたし、たくさんのことを学ばせてもらったし、彼らを心から尊敬している。

ウクライナに起きている悲劇が、バルト三国にまでも広がるようなことがありませんように。

ウクライナの人々が、一刻も早く自分の家で安心して暮らせるようになりますように。

健やかなじゃがいもたちを見ていたら、そんなことを祈っていた。


茹でたじゃがいもは、半分は冷めてからそのまま冷蔵庫に保管し、半分は、作り置きしておいたバジルペーストであえてみた。

ほんの少し、お酢を利かせて。

ありがたく、いただいた。


私は今、段ボールに囲まれてこの文章を書いている。

来週、長野に荷物を移すのだ。

完全に移住するわけではないから、荷物はほんの一部なのだけど、それでも、結構な量になる。

ベルリンで使っていた家具や食器、台所用品も、ようやく山小屋で使うことができる。

それが、何より嬉しい。

ベルリンからの荷物があったせいで、東京の家が、かなり飽和状態になっていた。

暑いので、頭に濡れ手ぬぐいを巻いている。

その際、濡れ手ぬぐいに、シュッシュッとハッカのスプレーをかけているので、かなりひんやりする。

これ、暑さ対策にオススメです。

あとは、こまめに水風呂に入るのも効果的。

朝は、4時半に起きて、ゆりねの散歩に出かけている。

新しい日々

7月10日

標高1600メートルでの暮らしが始まった。

右を見ても左を見ても、前を見ても後ろを振り返っても、森、森、森、森。

私が山小屋を建てた土地は、ほぼほぼ原生林で、地球が誕生して以来、この地に住む人間は、おそらく私が初めてだ。

先週の半ばに荷物を移して、今日が森で過ごす最初の週末。

それにしても、標高1600メートルというのは、かなり高い。

富士山でいえば、1合目と2合目の間くらいだ。

それゆえ、お天気がコロコロ変わる。

朝晩は冷え込むし、一番気温が高くなる日中も、暑くてしんどいほどではない。

ちなみに、今日の最高気温は、22度。

だから、山登りの時みたいに、その都度、気温に合わせてこまめに服を着たり脱いだりする。

空気がびっくりするくらい美味しくて、一番のご馳走だ。

あとは、水。

水道の蛇口から、天然のミネラルウォーターが出てきてくれるのは、本当に本当にありがたい。


山小屋は、着いたその日から、ものすごく肌に馴染んだ。

それはもう、建築家の丸山さんと地元の大工さんたちのおかげ。

まるで、もう何年も前からここに暮らしているような気分になったのが、自分でも不思議だった。

もちろん、色々と不便なことはある。

ケータイの電波はあんまり届かないし、最寄りのコンビニまでも、車で15分はかかる。

スーパーはもっと遠いし、インターネットを繋ぐためすぐにルーターが必要だったのだけど、そういうのを買える大きな家電量販店までは、車で一時間くらいかかる。

忘れたからちょっとそこまで、という気軽な買い物ができないから、買い物も、どこで、何を買うか、計画的にやらなくちゃいけない。

そんな不便さを差し引いても、それを遥(はる)かに超える恩恵を、私はもうすでに受けている。価値観も食生活も、きっとガラリと変わるのだろう。

周りの自然が美しいから、自分を着飾ることには全く興味がなくなるし、食事も、野菜そのものがとびきり美味しいから、それにちょっと手を加えるだけで十分満足だ。


感覚的には、ベルリンでの暮らしが形を変えて甦った。

ベルリンは、都会の中に自然があったけど、こっちは、自然の中に文化が点在している印象だ。

ちょうどコロナと重なったこの2年数ヶ月、私はずっと東京にいて、それはそれで、もちろん、有意義な時間だった。

でも、正直、限界も感じていた。

それが、森に移ったことで、それまでのベルリンでの暮らしがすぽっとチューブで繋がったみたいな感じがするのだ。

ベルリンのアパートで使っていた家具や食器類が、うまく山小屋に収まったこともすごく嬉しい。

今回、新たに買ったものはほとんどない。

中でも、ベルリンのアパートで使っていた、引き出しのついた大きな黒いデスクの用途が決まったことは、一番の喜びだ。

夏だけベルリンに通っていた頃から、その店の前を通っては、あのデスクで仕事ができたらいいのになぁ、といつもいつも指をくわえて眺めていた。

そして、もしいつかベルリンに暮らすことがあったら、あのデスクを手に入れよう、と思っていた。

ベルリンから引き上げることを決めた時、このデスクは、重いし大きいし、当然、もう手放すしかないだろうと、自分でもまさか日本に持って帰れるとは思っていなかったのだけど、分解して、持ち帰れることがわかり、はるばる海を渡って、日本の地にやってきたのだ。

でも、日本の住宅ではこのデスクは大きすぎて、ずっと、分解されたまま、部屋のあちこちに邪魔者のように置かれていた。

当初、山小屋の台所には、新たに調理台を置く計画だった。

でも、見積もりが出てみると予算オーバーで、その時にふと、このデスクを調理台代わりに台所に置いてみたらどうだろう、と閃いたのだ。
もし、どうしても合わなかったら、その時はその時で、また調理台を作るなりすればいいと考えていた。

でも、そんな必要は全くなかった。
黒いデスクは、ものすごくピッタリと、山小屋の台所に収まった。
これで、火にかけた鍋の様子を気にしながらでも、仕事ができる。
2階のリビングには、東西南北の全てに窓がある。
だから、家のどこにいても、視界のどこかに緑が見える。
私は、森の神様に守られている。
東京から仏様を持ってきたけれど、もう仏様に手を合わせる必要がなくなった。
そこら中に、八百万（やおよろず）の神様がいる。
朝は、庭にある大きな大きな苔むした石に向かって、お祈りする。
窓から見える景色は、一瞬たりとも同じではない。
木々の葉っぱは、常に風に揺れて動いている。
空の色だって、刻一刻と変化する。

万物は常に揺れ動いていて、常はないのだと、私は目の前の木々たちから早々に教わった。

夜明けと夕暮れに、鳥たちの声が賑(にぎ)やかになる。

朝晩、鳥の声を聞きながら、ゆりねと森を歩く。

それだけで、私は心の底から生きている喜びを感じることができる。

無謀すぎる計画だったけど、森に山小屋を建てて正解だった。

私の人生に、また新しい日々が始まる。


今日は、選挙だ。

森の中で暮らしていても、元首相の安倍さんが銃弾に倒れたことは知っている。

どんな理由があっても、許されることではない。

もしまだ投票されていない方は、ぜひこれから投票所へ行ってください。

種を蒔く　7月12日

ここは基本的に原生林なので、畑もガーデニングもあんまり似合わないし、人が人工的に手を加えられるような生易しい土地ではない。

そのまんまが一番美しいのは、十分心得ている。

その上、鹿がいる。

散歩に出ると、毎回どこかで鹿に出くわすし、特に鹿たちは、なぜか私の庭に集まってくる。

だから、何かを植えても、すぐ鹿に見つかって、食べられてしまうのだ。

それでも、種を蒔(ま)いた。

身近に土のある生活は、子どもの頃以来になる。

裏庭に自生しているミツバやネギをつんでくるのは、私にできる数少ないお手伝いのひとつだった。

すぐそばに、そういう野菜がちょこっとあるだけで、すごく助かる。

今回植えたのは、チャイブ、ソバ、カズサヨモギ、ヤマミツバ、ツワブキ、モミジガサ、そしてカワラナデシコ。

少しでも芽を出してくれたら、すごく嬉しい。


ところで、森暮らしはとても快適で、心身ともに健やかでいられる気がするけれど、ちょっとだけ残念に感じているのは、『ちむどんどん』が見られなくなってしまったことだ。

山小屋にはテレビがないので。

スタートしてから、毎日ほぼ欠かさずに見ていて、平日は毎朝7時25分に目覚まし音が鳴るように設定し、見逃さないようにしてきた。

でも、先週の半ば以来、見ていない。

暢子(のぶこ)の恋愛がどうなってしまったのか、気になっている。

それと、ゆりねにとっては、犬に会わないのが、ちょっとしたストレスかもしれない。

東京で散歩に出れば、大抵、同じように散歩している犬と遭遇し、お互いに匂いを嗅ぎ合って挨拶を交わすことができた。

でも、森ではまだ犬に会っていない。

会うのは鹿ばかりで、鹿の気配があると、ゆりねはどうも緊張している様子だ。

だから、犬と遊ばせるためにはドッグランに連れていかないといけない。

東京では、正直、人の多さにうんざりしていた。

人がたくさんいる渋谷や新宿は遠回りしてでも避けて目的地まで行っていたし、満員電車には、なるべく乗りたくなかった。

でも、森では仲間を見つけたような気分になって、人と会うとホッとする。

人のありがたみを感じられるようになったことは、喜ばしいことのひとつだ。

美しい雨

7月14日

朝起きて、外に出て、あれ？　と思う。

なんと、ちょこちょこと芽が出ているのだ。

その場所は、確か蕎麦の種を植えた場所。

まさか、こんなに早く発芽するとは！

やっぱり、蕎麦の産地だから、蕎麦の栽培には適している環境なのかもしれない。

そんなに急に成長はしないだろうに、一日に何度も、窓から芽の様子を見てしまう。

と思っていたら、お昼、庭に鹿の姿が。

熱心に、地面の草を食(は)んでいる。

窓からじっと見ていたら、向こうもこっちに気づいて、数秒間、お互いに見つめあった。

鹿さん、見ている分には可愛いのだけど、庭の植物を片っ端から食べてしまう。

やっぱり、蕎麦も食べられてしまうのか？

どうか、鹿に見つかって食べられないことを祈るばかりだ。


今週も来週も、ずっと雨マークが続いている。

山小屋に、雨どいはない。

だから、雨が降ると、軒先からポタポタポタポタポタ、雨が滴（しずく）になって落ちてくる。

それが、すごく美しい。

雨の降り方も、ベルリンに似ている。

標高が高い分、そりゃあこっちの方が自然環境は厳しいけれど、乾燥していて、一日に一回は晴れ間がのぞいたりする点も、ベルリンと共通する。

何より、森の感じが、まるでヨーロッパだ。

食に関しても、新鮮な肉や魚はあまり手に入らなくて、（もちろん、スーパーに行けばあるのだけど）基本は野菜中心。

内陸だから、魚よりは肉、しかも、この辺りは、加工肉の文化が発達していて、それも私を和ませてくれる。

ハムとかソーセージとかベーコンとかが、すごくおいしい。

今日は、珍しく一日中雨だった。

でも、森の中は案外木々の葉っぱが傘になってくれるので、歩いていても、それほど濡れない。


昨日道の駅で、梅を手に入れた。

今年はバタバタしていて、梅仕事ができなかった。

でも、まさかの梅をゲットできたので、早速、梅干しを作った。


納豆と卵もようやく手に入れたので、今朝はご飯を炊いて、お味噌汁も作った。

やっぱり自分の味噌で作るお味噌汁は格別だ。

山小屋に移って一週間が経ち、だいぶ体が慣れてきた。

今週から、仕事も始めている。

最初から飛ばすと途中でバテそうなので、今はゆっくりゆっくり、時間をかけて少しずつこの環境に心と体を慣らしている。

ずっと森にこもっていると仙人みたいになってしまいそうなので、一日に一回は、里まで下りるように心がけている。

今日は、というか今日も、温泉に行った。

まだ、山小屋のお風呂には一回しか入っていない。

大体、生活パターンは東京での暮らしと変わらない。

今日は、昨日とは別の道の駅で、生の杏を買うことができた。

貴重な貴重な、生の杏。

コンポートにでもしてみよう。

今日は他に、ピーナツバターを作った。

なんでも簡単に手に入る環境ではないから、できる限り自分で作る。

落花生は、先日、野菜の直売所で見つけた。

まだブレンダーがないので、すり鉢とすりこぎを使って、地道にコツコツ落花生を潰す。

ねっとりしてきたら、最後、少しだけハチミツと塩を入れて、完成だ。

つまみ食いしたら、素晴らしくおいしかった。

今度、おいしいパンを買ってきて、焼きたてのトーストにつけて食べよう。

雨は、まだ降っている。

ハローお日様

7月17日

久しぶりにお日様の顔を見た。
昨日までずーっとずーっと雨。
このまま秋になってしまうのでは、と不安になるほど。
昨夜なんかは土砂降りの雨で、恐怖を感じた。
今日の夕方、久方ぶりに太陽の眩しさに目を細める。
空にお日様の姿があるだけで、気持ちが明るくなる。

東京では時間割で動く生活だった。
何時になったら食事をして、とか、何時になったらゆりねの散歩に行って、とか、何時になったら銭湯に行って、とか。

でも、山では全てがお日様の動向に左右される。

今行かなかったらもう今日はゆりねの散歩に出られない、となれば、仕事そっちのけで散歩に行かなくては次にいつ行けるかわからないし、今はまだ晴れているけれど、もう少したら雨が降ってくるかもしれない、となれば、温泉に行くのを諦めたりしなくちゃいけない。

時間割で動くことができたのは、都会暮らしで、ある程度自然が制御されていたからだと気づいた。

とにかく、山では常にお天道様のご機嫌を伺い、クンクンとゆりねみたいに空の匂いを嗅ぎながら、この先どうなるかを自分で判断する能力が試される。

一応、天気予報もあるにはあるけど、山の天気は変わりやすいから、それは自分の勘を鋭くしていなくちゃいけないことにはたと気づいた。

もしベルリン暮らしの経験がなかったら、きっとここ数日の雨続きに気持ちが滅入っていたに違いない。

でも、なんとなくその分野は、結構鍛えられている。

そもそも私は、裏日本と呼ばれる日本海側で育った。

とにかく、お日様の恵みを無駄にしないように、お日様の動向に合わせて自分も行動すればいい。

太陽が顔を出したら、まず洗濯物を陽の当たるところに出して、自分は庭に出る。

そして、香ばしい空気をたくさん吸う。

森の香りを吸ったり吐いたりしているだけで、ものすごく気持ちが健やかになる。

お休みの日は、朝と晩、お日様に「いただきます」と「ごちそうさまでした」の感謝の気持ちを伝える気分で、瞑想をする。

今日は、オンラインでヨガもやった。

森暮らしのルーティンも、少しずつ固まりつつあるのが嬉しい。

今夜は、久しぶりに妖精さん（とってもおいしい白いキノコ。正式名、白麗茸）をいただいた。

グリルで焼いて、それに自分で作ったバジルペーストをつけて。

やっぱり、素晴らしいお味だ。

目の前に、鮑のステーキと妖精さんを出されて、どっちか食べていいと言われたら、私は迷わず妖精さんに箸を伸ばすだろう。

夜は、ワインを飲みながら、大音量で音楽を聴く。

森の中だから、お隣さんを気にすることなく音楽が聴けるのがいい。

今聴いているのは、モンポーだ。

一杯の湧き水

7月18日

3連休の最終日。
ご近所さんから笑い声が聞こえてくる。
お隣さんの家に明かりが灯(とも)っていると、すごく嬉しい。
連休中、山はとっても賑やかだ。
ふと思い立ち、苔の美しい場所へ。
登山口まではほんの少し車に乗るけど、そこからは山道をてくてく。
今日は珍しく雨が降らなかったので。
途中の砂利(じゃり)道は退屈だったけど、苔は確かに美しかった。
そして、湧き水。
大きな石の下から、こんこんと水が湧いている。

私の庭にあるよりももっと巨大な石に青々とした苔がびっしりと生えている姿は圧巻だった。

ちょうど水筒が空になったので、そこに湧き水を汲（く）んで飲んでみた。

なんという澄み切った味。

山小屋の水道の蛇口から出るミネラルウォーターより、更に純度が高い。

命が潤うのを実感した。

正直、苔ワールドを堪能するなら、私が愛してやまない白駒の池の方がスケールが大きいけれど、この一杯の湧き水を飲むために、てくてく山小屋から一時間ちょっとかけてここに来るのもアリかもしれない。

とりあえず、山小屋のゲストには、このミニ登山をおすすめしよう。

今、思い出しても、恍惚（こうこつ）としてしまう。

ゆっくりと歩いたり立ち止まったりしながら往復しても、山小屋から3時間はかからない。

これはいいお散歩コースになりそうだ。

帰ってから飲んだビールがまた、格別。

今日は、温泉へは行かず、山小屋のお風呂に入った。

朝の光

7月22日

明け方まで雨が降っていたのだけど、止んだら見事な青空が広がった。

朝の光は何よりのご馳走だ。

身体の中の全ての細胞が、喜びに満たされる。

一昨日から、友人が山小屋に遊びに来ていた。

先々月東京で初めて会って、今回が2回目。

その人は私より一回り歳上で、私を糸ちゃんと呼んでくれる数少ない友人の一人で、素晴らしい芸術家。

とても繊細で美しく、けれど生命力の強い作品を生み出す。

私も、彼女が作り出す世界の大ファンだ。

出不精のその人が、はるばる山小屋まで来てくれた。

私がリクエストした、ヴァージンじゃない普通のオリーブオイルを携えて。

山小屋は、完全にひとり仕様だ。

あえてゲストルームは作らなかった。

そこまでの予算がなかったという現実的な理由もあるけれど、私は意図的にゲストルームを設けなかった。

森の中でまで、大人数でワイワイやるつもりは毛頭ない。

基本は、私がゆりねと共に静かに過ごす場所であり、仕事場という意味合いが強い。

だから、この山小屋にファミリーで泊まったり、複数の友人を呼んで合宿のように賑やかに過ごす、というのは、はなから想定していない。

そういうことをしたいゲストには、近くにいくつか宿泊施設があるので、そこを紹介するようにしている。

ただ、ソファベッドはあるので、そこで寝ても大丈夫という人なら、ひとり限定で、ゲストを呼ぶつもりだ。

私はふだん、そんなに人に会う方でもないし、正直、そういう余裕もなかったりする。

でも、心を許せる数人の大好きな友人はいる。

その人がもし山小屋まで来てくれるなら、森の中で心ゆくまで共に時間を過ごし、その間は濃密に過ごして、美しい時間を分かち合いたいと思う。

山小屋は、静かに、一対一で、好きな相手と向き合う場所にしたい。

2泊3日の滞在予定で来てくれた彼女とは、まさにそういう濃密な時間を過ごせた。

時にお喋りをし、時にお互い口をつぐんで空を見て、鳥の声に耳をすます。

今朝は、朝の光に包まれながら、いろんなことを語り合った。

本当に満たされた時間だった。

一緒にご飯を食べて、音楽を聴いて、仕事をしたい時にして、たまに庭に出て地面を撫で
て、風を感じて。

都会では味わえない豊かな時間を味わえた気がする。

それもこれも、全ては森のおかげだ。

今日は、私が森暮らしを始めてから一番の青空だった。

直前まで、ずっと雨の予報だったのに。

きっと彼女が、山の神様に祝福されていたんだと思う。

特別なことは何もしていないのに、森にいると、あっという間に時間が過ぎて、夜になる
のが不思議だった。

私の目の前に広がっている景色は、美しいという言葉以外では表現できないくらい美しくて、ただただ見惚(みと)れてしまう。

そこは、別に誰かがお金をかけて何かをした場所でもなんでもなくて、ただ、人が何も手を加えなかった、地球本来の姿が残っている場所。

私は、森を、地球を、ほんの一部ではあるけれど、手に入れたのだ。ということに、今日、はたと気づいた。

有り余るほどのお金があったら、そこら中の森という森を買い取って、このままの姿で残したいと本気で思う。

彼女は夕方、東京へ帰った。

精神的に満たされたこの3日間は、いつか私たちのお互いの作品に、見えない形で紛れ込んでいくのかもしれない。

彼女が山小屋にいた余韻を、今、ひっそりと味わっている。

今週末の課題は、庭に、裸足で歩ける小径(こみち)を作ることだ。

庭仕事

7月24日

蕎麦の芽が、すくすくと大きくなっている。

鹿さん、気づいていないのか、それとも興味がないのか。

葉っぱのひとつも食べられることなく、順調だ。

この調子で大きくなってね、と毎日、こっそり話しかけている。


裸足で歩ける小径は、まぁまぁできた。

まぁまぁ、というのは、やってもやってもキリがないから。

とりあえず、足の裏に当たると痛そうな小枝などを取り除き、小さな通路を作った。

何度も何度も繰り返し同じところを歩いていれば、きっといつか、誰もが道と思えるような立派な小径ができるんじゃないかな？

裸足で地面を歩くのは、とにかく気持ちがいい。

今日も、お日様バンザイデーだ。

急きょ、洗濯をし、外に干す。

外に干すのは、初めてのこと。

外壁にフックをつけてもらって、大正解だった。

毎日着ている山Tシャツが、嬉しいほどにカラッと乾く。


洗濯物が気持ち良く乾く感覚を久しぶりに味わって、嬉しくなった。

想定外のひとつは、洗濯物がなかなか乾かないこと。

設計をしてくださった丸山さんに、浴室乾燥機とか必要ないですか？　と聞かれ、速攻で要りません、と答えた過去の自分を憎んだほど。

森暮らしの実態に、想像力が及んでいなかった。

雨が続くと、洗濯物はなかなか乾かないし、乾いても生乾きで、決して気持ちがいいものではない。

お日様の恩恵を無駄にしないよう、先日漬けた梅干しも干した。

太陽光で発電する、愛用のソネングラスも日光浴。


山小屋の外壁に使ったのは、地元産のカラマツだ。

なるべく地産地消で建てたかったので。

上から、なんの塗装もしていないのに、艶がある。

カラマツは、ふんわり、洋菓子みたいな甘い香りがする。

だから、山小屋に帰って玄関を開ける時、いっつもいい香りに包まれる。

ちなみに、中の床に使ったのは、ロシア産のカラマツ。

今となっては、とても貴重な床材だけど。

これから、少しずつ、色の変化を楽しみたい。


裸足で歩ける小径ができたので、ちょこちょこと庭仕事に精を出す。

先日、道の駅で、植物の苗を見つけた。

藍、リーフセロリ、バジリコナーノ（小さいバジル）、チャイブ、ワイルドストロベリーはなんとなく知っている植物だけど、ベトニーとセントジョーンズワートは初耳のハーブ。

説明書きを読んだら、ついつられて買ってしまったのだ。

だって、セントジョーンズワートには、「誰でも『心が風邪(かぜ)をひく』ってことありますよネ。そんな時のハーブです。」とあるし、ベトニーには、「傷のちりょう薬として古くから使われています。」なんて書いてあるのだ。

まるで、本屋さんに置いてある書店員さん手書きのポップみたい。

生産者の方が書かれたのか、それともお店の方が書かれたのかはわからないけれど、なんだかその苗木に愛を感じて、つい、育ててみたくなったのだ。

調べてみると、セントジョーンズワートは、別名、セイヨウオトギリソウで、いろんなサプリになって販売もされている。

神経伝達物質のバランスを整え、不安や緊張、気持ちの落ち込みを緩和し、精神をリラックスさせる方向に導いてくれるらしい。

セントジョーンズワートと聞くと耳慣れない響きになるけど、オトギリソウは馴染みのある植物だ。

先日、出羽屋さんへ取材に行って、虫刺されに効くとお土産に頂いたのも、オトギリソウを焼酎に漬けたものだった。

きっと、日本人も昔からオトギリソウを民間療法に使っていたのだろう。

鹿に食べられないことを祈りながら、人目につきやすいシンボルツリーの根元に植えた。雨続きで気持ちが塞ぎそうになったら、お茶にして飲んでみよう。黄色い花が咲くというのも、楽しみだ。

庭仕事の合間に、読書。

読んだのは、ヘンリー・ディヴィッド・ソローによる、『孤独の愉しみ方　森の生活者ソローの叡智』。

森の中で読むと、これまでジャリジャリと砂にまみれていた言葉たちも、スーッと水を飲むように体に馴染むから不思議だった。

ソローの言葉に、いちいち云々と頷きながら、ページを捲る。

本当に、森での暮らしは、ただの孤独ではない。

むしろ、どんどん仲間が増えていく実感がある。

まぁ、欲を言うなら、近所に、お菓子ができたらふらりと持って会いに行けるような、気の合う人間の茶飲み友達でもできれば最高なんだけど。

それはまた、おいおいということで。
今は、孤独を大いに楽しんでいる。

鹿対策

7月30日

道の駅まで一っ走りし、ハーブの苗を買いに行ってきた。

調べたところ、鹿は、ミントやラベンダーなど、香りの強い植物が好きではないらしい。

ならば鹿が庭に入らないよう、香りのするハーブを植えようではないか、とひらめいたのである。

というのも、ゆりねがすっかり鹿を警戒するようになってしまった。

2階の窓から、鹿がいないか随時パトロールしている。

この間なんか、三頭の親子連れの鹿を間近に発見し、ものすごい剣幕で吠えたてた。

まるで、別の犬みたいだった。

そんなゆりねの姿、未だかつて見たことがない。

散歩に行っても、鹿がいそうな場所は絶対に歩きたがらない。

鹿の気配がすると、立ち止まって真剣に様子を窺っている。

鹿の方が先に住んでいたわけだし、鹿にも鹿の生きる権利があるというのは重々承知の上で、お互いの平和のため、うまく棲み分けができないものかと模索しているのだ。

できれば鹿とも、ハッピーハッピーの関係を築きたい。

それにしても、庭（森）には、たくさんの生き物がやってくる。

これまでに目撃したのは、タヌキ、キツネ、リス、そして鹿。

思い返せば、野生のタヌキやキツネを見るのは、生まれて初めてかもしれない。

でも、どうしても犬がいない。

と思っていたら、今朝のお散歩で、やっと犬に出会えた。

同胞と挨拶を交わし、ゆりねはようやく長きにわたる犬不足を解消することができた。

めでたし、めでたし。

ニアミスはあったのだ。

ただ、一回は二頭連れだったため、私とゆりねが近づいたら思いっきり吠えられて近づけず、もう一回も、それは一頭だけの小型犬だったけれど、かみつき癖があるらしく飼い主さんが絶対に近づけようとはしなかった。

鹿とは毎日遭遇するが、犬とは会えない日々。

森では、犬よりも鹿の方がずっと数が多いのだ。

それが、森暮らしにおける一番の誤算だった。


誤算は他にもあり、山小屋での生活は想像以上にやることがあって忙しい。

本を読んだりする時間がもっとあってのんびりできるかと思っていたら、とんでもなかった。

これから冬に向けて薪の準備をしたり、太陽の動きに合わせて洗濯物の干す位置を変えたり、植物のお世話をしたり、ゴミを捨てに行ったり、虫を退治したり、目の前の雑事に追われていると、一日があっという間に過ぎていく。

もう8月も目の前で、きっとお盆が過ぎたら、薪ストーブのお世話にならざるを得ない日が来るかもしれない。

来年用の味噌も仕込んでおきたいし、もう気持ち的には来春に向けての準備だ。

せっせとハーブの苗を植えているのも、今すぐなんとかというよりは、来年に向けての下準備。

薪ストーブ用の薪だって、しっかり乾燥させないと燃やせないから、きちんと計画的に軒下に保管しておかないといけない。

着々と冬支度をしないと、あっという間に雪が降って大変なことになってしまう。

山小屋は森に囲まれているけれど、手前の方は人間の手の入った庭、建物より奥は手付かずの森。

そう、分けて考えることにした。

森では余計なことをせず、なるべくそのままの姿を保つ。

一方庭は、少々の遊び心を持って私が少しずつ手を加えてみようと思っている。

だからハーブを植えるのは、庭の方だけ。

ミントは挿し木でもどんどん増えるそうなので、今、根っこを生やすべく、水耕栽培を始めている。


そうしないと、苗がいくらあっても足りなくなるので。

ブラックミントに、ペパーミントに、アップルミントに、スペアミント。

来年、香りのする庭になることを願って！

今日は、土曜日だ。
気持ち的にちょっとだけ余裕があるので、とうもろこしご飯を炊いてみた。
とうもろこしが、ものすごくおいしい。
とうもろこしだけでなく、野菜全般、ものすごくおいしくてびっくりする。
自画自賛の出来だった。

残り野菜で、山小屋初のスープも作った。
昨夜食べきれずに残した焼きトマトの味が、いいアクセントになっている。
他に入れたのは、新玉ねぎ、大豆、アスパラ菜、それにお庭のリーフセロリを少し。
二度と同じ味にはできない、一期一会のスープになった。

汗、汗、汗

8月2日

ベルリンにいる時、今日は暑くなるぞー、という日はお昼前からサウナに行った。

広大なお庭にいくつもサウナがあって、プールもあって、そこでは全裸の男女が思い思いに夏の一日を楽しんでいた。

サウナが、温泉の代わりだった。

数えると、山小屋からぷらっと車で行ける距離に、日帰り温泉が6つある。

そのどの温泉にも、すごくいいサウナがあるのが嬉しい。

もしかして、長野、山梨はサウナ文化が発達しているのだろうか。

私が苦手とする、テレビのついているサウナは一箇所もなくて、どのサウナも簡素で、それがいい。

夕方になると、大体どこかの温泉に行って、サウナを満喫する。

今日も、温泉へ行った。

山小屋にあるお風呂は、まだ数えるほどしか入っていない。

今日行った温泉はいつも行く馴染みのところだけど、そこが、週2回、いつも以上にサウナの温度を上げてくれている。

普段70度なのが、今日は80度だった。

めっちゃ、暑い。

暑くて、皮膚がヒリヒリする。

でも、ここの水風呂が、最高なのだ。

私の好きな白駒の池の方からの伏流水で、ものすごく冷たい。

冷たいけれど、じーっと入っていると、だんだん体が目覚めて、それが快感になってくる。

サウナも水風呂も両極端に暑くて冷たいから、どっちも長居はできない。

短い時間で、そこを行ったり来たりする。

サウナで極限まで我慢して汗を流し、その後水風呂にざぶん。

首の後ろまで水に浸けると、喉がスーッとして、そうするとそこを通る呼吸も冷やされて、体全体に冷気が行き渡る。

それが、ものすごく気持ちよくてやめられなくなってしまうのだ。

今日は、それを5セットやった。
身体中の細胞が、よみがえるよう。
鼻歌を歌いながら、山に戻った。

ところで、今頭を悩ませていることがある。
鹿が木の幹を食べるでしょ。
そうすると、傷ついた木から、樹液が流れる。
それを目当てに、蟻(あり)が集まる。
蟻だけでなく、蝶(ちょう)とかその他の虫とか、いろんな生物が集まってくる。
その中には、蜂もいる。
スズメバチもいる。
数日前、なぜかそこだけ虫の温床になっている木を発見した。
ミズナラの木だ。
枝の一部が、鹿に食べられて弱っている。

幹の根元は、虫歯みたいに黒くなっていた。

なるべく、殺虫剤は使いたくない。

かと言って、スズメバチは怖い。

近くで見るスズメバチの顔は、ものすごく怖い。

ペットボトルに、蜂蜜とかカルピスとかを入れて木に吊るして、スズメバチを捕まえるスズメバチトラップもひとつの手かもしれない。

でも、そこに巣があるわけではないから、ある程度の距離があれば、スズメバチに襲われる心配も、それほどないとのこと。

共存できるなら、それに越したことはないけれど、でもやっぱり怖い。

スズメバチの羽音は、他の蜂のレベルとは違って、高速で私の車を追い抜いていくフェラーリとかポルシェのエンジン音に似ている。

つい、ごめんなさい、と言ってしまう。

だから、やっぱり健全な森のバランスを保つには、鹿に来ないようにしてもらうのが、いいのかな？

それが目下、私の悩みである。

温泉から帰ったら、まずはともあれ、森の切り株に腰掛けて、ビール。
スズメバチの羽音を気にしながら。
今日も無事に一日を過ごせたことに感謝して、最後の一滴までビールを飲み干した。

今日は、珍しく、一日のうち一度も雨が降らなかった。
そのおかげで、洗濯物が気持ちよく乾いた。
洗濯物を干すのにちょうどいい木を見つけてご満悦の私。

タマゴダケのオムレツ　8月8日

初めて尽くしの毎日だ。

ガソリンスタンドに行って、「レギュラー、満タンでお願いします」と言っている自分がおかしくて堪(たま)らない。

セルフはまだ怖くてやったことがない。

だからガソリンスタンドは、人のいるところを探して行く。

スピーカーとアンプを繋いだのも初めてだ。

大体、アンプというものが何か、知らなかった。

今もあんまりよくわかっていないけれど、とにかく自力でスピーカーとアンプを繋いでスピーカーから音が出た時、私はものすっごく嬉しかった。

なんだ、やればできるじゃん！　と思った。

今までは、誰かにやってもらうのが、当たり前になっていた。

コンビニが便利だということに気づいたのも、生まれて初めてかもしれない。

ちょっと前、出版社に書類を戻すのに、封筒がなかった。

近所に、気のきいた文房具屋さんなんて、ない。

私はこれまでほとんど、コンビニを使ったことがなかった。

せいぜい、お金を払う時とか、宅急便を出す時とか。

都会には、コンビニがものすごくたくさんある。

何もこんな近距離に複数のコンビニがなくても良いのにと思って生きてきたし、今もその考えは変わらないのだけど、都会におけるコンビニと田舎におけるコンビニとでは、ありがたみが全く違うのだということに、半世紀近く生きてきて、初めて知った。

切手もコンビニで売っているし、トイレットペーパーだって、コンビニで買える。

コンビニってなんて便利なんだ！　と今現在の私は思っている。


ただ、私が欲しい封筒は、コンビニにも売っていなかった。

何も、特別な封筒が欲しいわけではなくて、ただ、白い事務的な封筒が欲しいだけ。

でも、置いてあったのは不祝儀袋ばかりで、さすがにそれに切手を貼って出版社に書類を送るのは憚(はばか)られる。

結局、白い封筒は別ルートで入手したけれど、ここでの暮らしでは、意外な物が手に入らなくて困ったりする、ということに改めて気づいた。

私が住んでいる界隈では、結構卵を手に入れるのが困難で、道の駅や産直に行けば買えるのだけど、そこまでは片道車で30分ほど。

だから、他の買い物の用事がないと、なかなか卵だけそこまで買いに行こうという気にはならない。

先日東京から日帰りでお客さんがいらした時は、お土産の希望を聞いてくれたので、真っ先に卵をリクエストした。

今欲しいのは、間違って書いてしまった箇所を直すための修正テープと、薪ストーブを使うようになったら必要になるだろうチャッカマンだ。

バターは、売っている場所がようやくわかったので、一安心。

初めてといえば、週末、道の駅に寄ったらタマゴダケが売られていた。

この辺のキノコ、すごくおいしい。

しかも、都会のスーパーではあまり見かけないような珍しいキノコが結構ある。

タマゴダケは毒キノコみたいな派手なルックスだけど、おいしいのだという。

一度食べてみたいと思っていた。


早速、お昼にオムレツにする。


なるほどねぇ。

タマゴダケと卵、相性がいい。

まだ残っているので、残り半分はパスタにでもしてみよう。

今日は、東京から編集の方が見えられたので、山小屋でランチをご一緒する。

先日、農産物直売所で露地物のイチゴを見つけたので、久しぶりにイチゴのサラダを作った。

不揃いのイチゴたちがなんとも可愛くて、つい買ってしまったのだ。

しかも、一パック１９０円。

サマーリリカルという品種だった。

そこに、庭に植えたミントとバジルを少々。

季節の営みの中でイチゴを育てたら、イチゴの旬は決して冬にはならないはず。イチゴは冬の食べ物だと思われがちだけど、クリスマスに合わせてハウス栽培をしているだけのことだ。

サマーリリカルは、それほど甘くはなく、酸味があって、でもこれくらいでいいよなぁ、と私は思う。

わざわざ石油を使ってハウスの中を温めて、季節外れのイチゴを作らなくても。

結局、そのしっぺ返しは確実に自分たちに向かって来るのだから。

今年も、猛暑やら水害やら、本当に胸が痛くなる。

森の住人になって、ひと月が経った。

まだひと月しか経っていないのか、もうひと月も経ったのか、自分でもよくわからない。

両方の感じもする。

でも、森の空気がすごく肌に馴染んでいるのは確かだ。

もっとずーっと前から森に暮らしているような気がする。

風の冷たさ、太陽の温もり、木々のざわめき、全てがベルリンと繋がっているようで、私にはただただ懐かしい日々。

一日一回は、森に出て裸足にならないと、なんとなく一日が終わらない。

今日も、温泉から戻ってから、森に行ってビールを飲む。
夕方の風はもうひんやりしているけれど、精一杯、夏の名残を味わいたい。
ビールを飲みながら、茹でたてのトウモロコシを無心でかじった。
ふと見上げたら、梢の向こうにお月さまが輝いていた。
ものすごく久しぶりに月を見た。

山の日　8月11日

山小屋に、時計はない。

あえて置いていないわけではなく、ただ、これだ、と思える時計にまだ出会っていないから。

チクタクという音がしなくて、寡黙な、小さな時計を探している。

出会えるまでは、時計なしの生活だ。

時刻を知らせてくれる道具は時計じゃなくても他にあるので、家に時計がなくても別に困ることはない。

朝、目を覚ましたらまだ薄暗かった。
昨日の夜から降り始めた雨は、止んでいる。

時間がわからなかったけれど、起きた。

そこら辺に、まだ夜の名残がふわふわと漂っている。

こっちに来てから、仏様ではなく、森の庭の石に向かってお祈りするようになった。

ただ、ご先祖様への朝ごはんとして、変わらずお線香はあげている。


ゆりねは最近、車の味を覚えたらしい。

車に乗ると、どこか楽しい場所に行けると学んだらしく、外に出ると、すぐに車の前で足を止める。

朝の散歩は近くを軽く歩くだけなのに、ゆりねはじっと車の横でストライキをする。

それが最近の困ったこと。

歩こうとしないので、仕方がないからトイレだけさせて早々に山小屋に戻った。

人も犬も、便利なものにはすぐ慣れてしまうから、危険だ。


いつもより早い時間に、仏様とゆりねに朝ごはんをあげ、私は温かいお茶を飲んでから、カメラをぶら下げて再び外へ。

カメラは東京から持ってきていたけれど、一ヶ月以上触れていなかった。

最近になって、ようやくカメラに触る。

朝、ゆりねと散歩しながらいつも写真を撮りたいと思っていた。

でも、いざ撮ってみると、森の美しさというのは全然写真に収まらない。

毎回がんばって撮って、毎回がっかりする。

その連続。

森の美しさは、森の香りと共に自分の体で感じるしかないのかもしれない。


今日は、山の日で祝日だという。

どうりで、昨日から森に人が増えている。

山小屋に表札は出していない代わりに、ボンちゃんを外に置いてみた。

ベルリンのアーティストがガラスで作った、シャボン玉みたいな作品。

ベルリン、東京と旅をして、今は長野にいる。

ずっと、このボンちゃんを外に出したいと思っていたのだ。

きっとボンちゃんは、家の中より、外、しかも大自然の中の方が喜ぶはず。

だから、山小屋ができたら定期的に外に出してあげようと思っていた。

木漏れ日を浴びて、苔のベッドに寝かされて、ボンちゃんはものすごく幸せそうだった。

自然が作ったものと、人が作ったもの。
ボンちゃんの存在に気づいた人は、いたのだろうか。
いてもいいし、いなくてもいい。
そこにボンちゃんがいるというだけで、何度も窓から外の様子を見てしまう。
それだけで、私は大満足。

今日は、完璧な夏の一日だ。
山の日という名に、まさにピッタリな青い空。
遠くから、風がこっちに向かってくるのがよくわかる。
午前中は仕事をし、午後は料理と掃除。
その後は、バッハを聴きながら、彼女が送ってくれた作品集をめくる。
バッハは、森の波長とすごく合う。
蛇足だけど、バッハはドイツ語で小川の意味だ。

さっきからゆりねが、散歩に行こうと尻尾を振って誘っている。

朝、ちゃんと歩かないから、中途半端な時間に歩きたくなる。

でも、今日はまだ気温が高くて、散歩するには暑いのだ。

どうせまた車の前でストライキして歩かないから、どこかまで車で行って、そこから池を目指して歩こう。

今日こそは、犬に会えますように。

秋一番

8月16日

朝、新聞を読んでいたら、向こうからサーっと大波みたいに風が走ってきて、サワサワと梢がどよめき、秋一番が吹いた。

私が勝手にそう命名しただけだけど。

風が、秋を運んできた。

それにしても、目の前に広がる森の木々の葉っぱが、冬を前にほぼ全て地面に落ちるのを想像すると、すごいことだと改めて思う。

森は、なんて生産性が高いというか（だって、毎年毎年、葉っぱを刷新するのだ）、新陳代謝がいいんだろう。

裸足で地面に足をつけていると、それを強く実感する。

落ちた葉っぱを微生物が分解し、大地が豊かになっていく。

その腐葉土が、水をきれいにする。

冬に一度地面がリセットされるけれど、春になると栄養満点の大地からは次々と植物の芽が顔を出し、成長する。

とんでもない速さでリサイクルして、常に新しい状態が保たれている。

大地が、文字通り生きているのを実感する。

これは、地球規模の、動的平衡だ。


日本が戦争に負けて、昨日で77年が経ったという。

この77年で、確かに日本は経済的に豊かにはなったけれど、自分たちが起こした戦争という負の教訓をきちんと学んでいるのだろうか。

自分も含めて、自省したい。

ちょうど一年前、政権が代わったアフガニスタンでは、生活費を得るために幼い我が子を売らざるを得ない人たちがいるというし、幼くして売られた娘が、13歳で妊娠し、子どもを産み、その子が栄養失調で苦しんでいる。

ロシアは、ウクライナを一方的に攻め、ウクライナの人々は、命を落としたり、体の一部を失ったり、心に大きな傷を負ったり、家族がバラバラになったり、想像を絶するほどの苦痛を味わっている。

この事態を「戦争」と呼ぶのに、私はすごく違和感があるけど。

だって、ウクライナの人たちは、戦いたくて戦っているのではない。

戦わざるを得ないから、どうしようもない究極の選択で、自分たちの自由を守るために武器を持って応戦している。

77年前に終わりを迎えた戦争も、実態はそういうことだったのだろう。

第二次世界大戦の戦勝国が国連の常任理事国になったけれど、その常任理事国が間違いを犯さないと、誰が保証できるのか。

現に、ロシアは暴走している。

飢餓の問題は、私が幼い頃から存在した。

食べ物が捨てるほどに有り余っている国と、食べ物がなくて空腹に泣き叫んでいる国がある。

必要以上に多くを持つ人と、最低限、生きるのに必要なものすら持てない人たちがいる。

地球規模の、ものすごい格差社会だ。

食料問題なんて、世界中の賢者が知恵を出し合えば、簡単に解決できそうなのにな。

どうして、これほど長く解決できないのだろう？

それとも、はなから解決する気がないのだろうか？

日本の百貨店では、今、高級時計が売れているとのこと。

一時、チェルノブイリ原発を占拠したロシア軍が、原発を甘く見て、周辺の放射性物質の値が高くなったらしい。

年配のロシア兵は原発の危険を理解したが、チェルノブイリの事故の記憶がない若いロシア兵たちが、放射能に汚染された枝を燃やして調理をしたり、赤い森と呼ばれる放射能に汚染された地面を掘り返したりしたそうだ。

記憶が薄れることの怖さを、如実に物語っている。

私たちも、77年前に起きた悲劇を意識して記憶に留めておかないと、また同じ過ちを繰り返してしまうかもしれない。

戦争は、絶対に絶対にしてはいけないと、今、改めて思う。

今日は、一日中、風が強かった。

そのせいで、木の枝に吊るしておいた洗濯物が、何度も風で飛ばされた。

そのたびに外に出て、またハンガーを元の位置に戻す。
その繰り返しだった。
夜から、雨。
山小屋の三角屋根を、雨が激しく打っている。

ゆりねと私

8月24日

仕事を終えて、食事を済ませ、コーヒーを淹(い)れ、空が晴れていると、私は決まって森へ行く。

まぁ、森といっても敷地の一角なので、目と鼻の先だ。

そして、コーヒーを飲みながら本を読む。

名付けて、森読。

今読んでいるのは、『カヨと私』(本の雑誌社)。

内澤旬子さんの新刊だ。

小豆島(しょうどしま)へ移り住んだ内澤さんは、独り、カヨと暮らし始める。

カヨは、真っ白いメスのヤギ。

食べるためではない。

カヨは少しずつ人間に近づいて、内澤さんは少しずつヤギに近づいていく。

段々と時間をかけて内澤さんに打ち解けるようになったカヨは、内澤さんの腿に頭を預けたりするようになる。

その描写が、とても可愛い。

内澤さんはカヨが喜ぶ顔を見たいがために、海に連れて行ったり、椿の花を食べさせたり。

車の運転が苦手なのに、わざわざ箱型のバンに乗せて遠くのカフェまで行ったりもする。

カヨの目や舌、体全部を通して、内澤さんも「ヤギ」を擬似体験しているみたいだ。

でも、カヨはヤギで、21日周期で発情期がやってくる。

内澤さんは、わざわざカヨとフェリーに乗り、遠出できるギリギリの場所まで、カヨの欲求を叶えるため、オスのヤギとのお見合いを実行する。

妊娠した結果、カヨが死んでしまったらどうしようと不安になったり、わかるわかるの連続だった。

私も当初、コロのお嫁さんとしてゆりねを迎えたのだ。

コヤギが産まれたら、コヤギの方が可愛くなってカヨへの愛情が薄れてしまうことを心配したり、その気持ちが手に取るようにわかった。

カヨの妊娠、出産。

そして、生き物の仲間がどんどん増えて。

内澤さんもまた、「動物と友達がおったら生きていける」ジャンルの人だなぁ、と思った。

カヨの出すお乳でヨーグルトやチーズを作ってみたり、まだ途中までしか読んでいないけれど、カヨという生き物を通して、内澤さん自身の人生がどんどん開拓されていくのが伝わってくる。

漫画みたいにスイスイ読み進められるのが、とても楽しい。

しかも、素敵なイラストは内澤さん自身によるものと知って、二度驚いた。


ゆりねは、この夏で8歳になり、おそらく、ちゃんと長生きしてくれても、人生の折り返し地点は過ぎているだろうと思われる。

歳を取るってこういうことなんだなぁ、と最近、つくづく感じるようになった。

体の不調だって出てくるだろうし、好き嫌いも、前よりは激しくなっている気がする。

車に乗せろと要求するゆりねはものすごく頑固で、毎回の押し問答に心から辟易するのだが。

先週も、ゆりねのカイカイが止まらなくなったので、最寄りの動物診療所に行った。

きっと、これからそういうことがどんどん増えていくのだろう。

今までは、ゆりねが私の人生に付き合ってくれたから、これから先は私がゆりねの人生に寄り添ってゆりねファーストで生きていこうと思って山小屋を建てたのに、思った以上にゆりねは都会っ子だった。

見慣れぬ鹿の気配に怯え、時に威嚇し、大好きな仲間（犬）とは会えず、ストレスを溜めている。

言っていることとやっていることが全然違って、ゆりねには本当にごめんなさいなのだけど、それでもゆりねは私のことを許し、好きでいてくれる。

本当に寛大だ。

私はゆりねみたいな人になりたい。

内澤さんが、一度でいいからカヨと一緒に草を食べてみたい、と書かれているように、私も一度でいいから、ゆりねと思いっきり走ってみたい。

私は最近つくづく、人生を幸せに生きるコツは、ひとり遊びができるかどうか、で決まるのではないかと感じているのだけど、そこに一匹動物がいたら、それはもう鬼に金棒というか、パーフェクトなんじゃないかと思っている。

内澤さんの、「独りと一匹」という書き方が、とても美しい表現だと思った。

独りだけど、別に孤独ではない。

寂しくもない。

野生動物とか人とか宇宙人とか、瞬間的に怖いと感じる場面は確かにある。

でも、それと漠然とした不安とは、種類が違う。

都会に生きている方が、よっぽど私は不安を感じる。

何よりも、ここでは森の木々たちが、私やゆりねを見守ってくれている安心感がある。

木の一本一本とも、友達になれたらいい。


今日は、一日の終わりに、赤ワインを飲みながら蠟燭（ろうそく）の灯りだけつけて、大音量でオペラを聴いた。

動物と、音楽と、本（物語）があったら、森の中でも結構楽しく生きていける。

この夏で、そのことがよーくわかった。

そしてたまに、気心の知れた友人が卵やお菓子を持って訪ねてくれたら、申し分なしだということも。

明日も晴れて、また森でこの本の続きを読むのが楽しみだ。

フライングして先にあとがきを読んでしまったのだけど、内澤さんとは、なんだか同じような紆余曲折（うよきょくせつ）を経ながら人生を歩んでいるような気がした。

ヨモギの精

9月1日

夏は短い。

駆け足で通り過ぎる。

私が森にやってきた7月初めの頃は、正直まだ寒かった。

そして今日は、9月1日。

もう、初秋の風だ。

気の早い森の木は、すでに紅葉を始めている。

今日は朝から雨。

一度も窓を開けず、一日中うすら寒かった。

はっきり「夏」と言えるのは、7月20日から8月20日くらいまでの、正味一ヶ月くらいかもしれない。

だからこそ、夏という季節にものすごい価値がある。

昨日、温泉に行った帰りにヨモギを摘んできた。

今日は雨で一日外に出られないので、ヨモギの蒸留をする。

山小屋ができたらぜひやろうと思っていたことの一つが、植物を蒸留して、そこから精油（エッセンシャルオイル）を抽出すること。

だって、周りには植物が溢れているのだ。

身の周りの植物から精油を取り出して、香りを楽しみたいと思っていた。

アルコールランプに火を灯して、ヨモギを蒸す。

その蒸気を冷やすことで、ヨモギのエキス（蒸留水、フローラルウォーター）ができる。

その上の方にうっすらとできるのが、精油だ。

ただ私はど素人（しろうと）なので、フローラルウォーターはできても、精油を取り出すのはまだ難しい。

きっと、蒸す時の温度とか、冷やす時のタイミングとか、いろんな条件が重なって精油が取れるのだろう。

自分でやってみて、精油がいかに貴重なものかが身にしみてわかった。

いわば、精油は植物の真髄。魂のようなもの。

それでも、フローラルウォーターを取り出せるだけで、十分楽しい。

ポタリ、ポタリ、と一滴ずつゆっくり落ちてくる雫（しずく）を見ているだけで、心身が癒やされる。

特に、今日みたいに外に出られない日は。


このフローラルウォーターは、簡単に言うと化粧水になる。

完璧な、無添加化粧水だ。

出来立ての雫を手のひらにのせて、顔に馴染ませた。

なんという気持ちよさだろう。

ヨモギの精が、スーッと肌に馴染んでいく。


今日は夕方、練習も兼ねて薪ストーブに火を入れた。

1回目は、山小屋中が煙まみれになり、危うく私とゆりねが燻製（くんせい）になるところだった。

2回目は火はついたけれど、温度がさほど上がらなかった。

そして今日は、3回目。

いざという時、あたふたしないように、きちんと火を入れられるようにしておかないといけない。

大丈夫だった。

きっと世の中には、必要最小限の薪で最大限の炎を育てる火の達人がいるに違いない。

私はまだまだ足元にも及ばないけれど、とにかく今日は、薪ストーブの炉の中で燃え盛る炎を生み出すことに成功した。

今、山小屋全体が、ほんわりとした暖かさに包まれている。


今夜は薪ストーブの炎を見ながら、赤ワインで晩ごはん。

冷凍してあったラタトゥイユを解凍し、そこにソーセージをちぎってグリルで焼いた。

薪ストーブにはオーブンもついているから、慣れればそこでピザを焼いたりすることもできる。

村からどんどん人が里に下りてしまい、なんだか私は限界集落にいるようで心細くなったりもするけれど、これからは薪ストーブが私のそばにいてくれる。

火は、心も体も温かくしてくれる。

明日雨が止んだら、名残の夏野菜をいっぱい買ってきて、ラタトゥイユを作って冷凍しておこう。

秋には秋の、冬には冬の楽しみが、きっとあるはず。

長野と山梨

9月10日

山小屋の住所は長野県だけど、隣の町は山梨県で、日常的に、長野と山梨を行ったり来たりしている。

カーナビを使っていると、「長野県に入りました」とか、「山梨県に入りました」と毎回教えてくれるのだが、不思議と、「長野県に入りました」を聞くとホッとする。

ずっと、村人になりたいなぁ、と思っていたんだけど、今の住所は、まさに「村」なので、それが嬉しい。


ものすごく近いのだけど、長野と山梨では、違うのだ。

まず、農産物。

野菜が充実しているのは長野だし、山梨は果物王国という印象が強い。

長野から山梨に入った途端、桃とか葡萄とかののぼりが目立つようになる。

何となく洒落ているのは山梨で、ギャラリーやカフェなど、素敵なお店がたくさんある。

一方、長野は自然が本当に豊かだ。

私は、どっちも好きだなぁ。

それぞれに、良さがある。

そんなことを日々感じて暮らしていたら、昨日お世話になったマッサージ師さんが、興味深い話を教えてくれた。

雪道について尋ねたところ、「雪の日に山梨方面へ行く時は、注意してくださいね」とのこと。

どうやら、長野と山梨では、雪に対しての対処が異なるらしい。

長野の方が、迅速に、かつ丁寧に除雪してくれるというのだ。

同じ国道を走っていて、山梨に入った途端、雪かきの初動が遅れるし、やり方も甘くなると。

そっか、県境を跨ぐというのは、そういうこともあるのだな、と深く納得した。

さすがに、真冬をここで過ごす覚悟はないけれど、でも聞いておいてよかった。

今夜は、中秋の名月だ。

ずっとずっと雨続きだったので、諦めていたのだけど、珍しく晴れてくれた。

部屋を暗くして、バッハの無伴奏チェロ組曲を聴きながら、お月見を楽しむ。

森の木々の葉が視界を遮るので、なかなか全貌を見ることは難しいのだが、たまに姿を現すと、本当に美しくて感動した。

青空もそうだけど、お月様も、いつも当たり前に見えるより、たまに見られる方が、ずっとずっとありがたみが増す気がする。

さっき、外に出て満月を見てきた。

ここは、街灯が全くないので、本当に、一寸先は闇の世界なのだけど、今夜は月明かりがすごく眩しい。

こんなに真っ暗な中で月を見るのは、人生で初めてかもしれない。

なんていう、神秘だろう。

一晩中、月をめでていたい。

森の民同盟

9月26日

快晴。

朝から青空が広がっている。

先日入手した鳥の餌箱にひまわりの種を入れ、森の一角に吊るしてみた。

しばらくすると、鳥たちが方々から集まってくる。

仲間を集めるように鳴き、代わりばんこで餌台にやってきては、ひまわりの種をついばんでいく。

かわいい。

朝からうんと幸せな気分を味わった。

今週末、東京に一時帰宅（?）するため、仮の小屋じまいに追われている。

薪棚を作ったり、敷地内にできてしまった水路の流れを変えるための土木作業をしたり、来年の鹿対策に向けてミントを植えたりと、やることはきりがない。

短い夏が終わり、一日のうちで、人に会うより鹿に遭遇する数の方が俄然多くなった。

昼間はいいけれど、夜はたまに人恋しくなる。

そんな時は、『フォンターネ　山小屋の生活』を読んで、孤独を紛らわせた。


著者は、イタリアの作家、パオロ・コニェッティ。

彼には、『帰れない山』という代表作があり、私の本棚にもそれはあるけれど、実はまだ読んでいない。

『フォンターネ　山小屋の生活』は、ただただタイトルに入っている「山小屋」という言葉につられて買ったもので、『帰れない山』と同じ人の作品だというのも、後から知ったくらいだ。

『フォンターネ　山小屋の生活』は、まるで他人事とは思えないくらい共感できることがたくさんあり、私はなんだか知り合いの森仲間の文章を読んでいるような気持ちになった。

彼は、小説が書けなくなり、行き詰まった末に山小屋に籠もった。

自分が森で暮らすようになって、その人が住んでいる場所の標高を初めて気にするようになったのだが、彼の山小屋は標高１８００メートルのところにある。

私は、自分よりも高い標高のところに暮らす人に、初めて会った。

実際に会ったわけではないのだけど、まるで会った気分になって読み進めた。

孤独を味わっているのは自分だけではないのだと、彼の文章を読みながら、何度もそう感じて自分を勇気づけていた。

いくつもの「山小屋あるある」に微笑ましい気持ちにすらなったけれど、中でも、夜中に寝ていて物音がして、聴覚だけがぐんぐん研ぎ澄まされ、想像が果てしなく広がる経験は、まさに私も全く同じ時間を過ごしたことがあるので、彼の気持ちが痛いほどわかった。

実際は、なんのことはない、ただ木の実が屋根に落ちただけだったりするのが、夜中にいきなり物音がすると、その音の元を巡って、想像力が膨らんで止まらなくなってしまう。

稲妻だって、都会ではそれほど恐怖を感じないが、山で見るととてつもなく神秘的な光に感じる。

山の民、森の民、海の民、川の民、町の民。

住む場所によって、いろんな「民」がいるが、私も彼も、間違いなく「森の民」だと感じた。

そして、この本にも名前が出てくるが、やっぱり森の民のリーダーは、ソローなんじゃないかと思う。

ヘンリー・ソロー。

『森の生活』は、森の民にとってのバイブル的存在だ。

最近、森暮らしを指南してくれるご近所さんができた。

実は薪棚も土木作業も、そのご近所さんのおかげでできたもの。

私はただ、横でぼーっと見ていただけで、まだまだ、森暮らしのスキルがない。

これからは、森の達人とでも呼ぼうか。

達人から、森の民として生きるための多くの知恵を学ばせていただきたいと思っている。


それにしても、去りがたい。

来月、用事を入れてしまったのでどうしても東京に戻らなくてはいけないのが、ただただ切ない。

これから森は、紅葉の季節を迎える。

また一ヶ月もせず森に戻ってくる予定だけれど、そのダイナミックな変化をこの目で見届けられないことが、悔しい。

おそらく、来月私がまた森に戻る頃には、落葉樹は葉を潔く落とし、今とは全く違う風景が広がっているのだろう。

本当に、一瞬のうちに過ぎた夏だった。

キンモクセイと虫の声

10月3日

里に下りてきた。

背中にゆりねを背負って最寄駅に降り立ち、真っ先に鼻に飛び込んできたのがキンモクセイの香りだった。

森では絶対にない香りなので、もううるさいくらいに、あちこちから私を目がけて流れてくる。

キンモクセイの香りを吸って、季節が一気に進んでいるのを実感した。

同じく、夜の虫の声にも圧倒されて、しばし言葉を失った。

どうやら、長野と東京では、時差があるらしい。

いや、実際にはないのだけど、週末はずっと時差ぼけのようなものに苦しめられていた。

頭がぼーっとする。

眠くて眠くて、体が重く、なんだか、水の中を漂っているようなのだ。

まるで、長く滞在した海外から戻ってきた時のような感覚で、この擬似的な時差ぼけに戸惑っている。


モンゴルから戻ってきた時も、こんな感じだったかもしれない。

山小屋にいらしたお客さんが、皆さん、森の静けさに息を飲んでいらしたけど、確かに、都会にいると、いろんな音が絶えずどこかから聞こえてくる。

そのほとんど全てが、ヘリコプターだったり空調だったりと、人工的な音だ。

鳥の囀りは、滅多に聞こえてこない。

もう、森が恋しい。

だけど、客観的に見て、あの深い森で、山小屋でひとりで過ごすには、相当な精神力がいるかもしれない。

夜は、体ごとごっそりえぐられそうな深い闇に包まれる。

あの真っ暗な世界で孤独に耐えるというのは、都会生活に慣れてしまうと、なかなか難しいだろう。

ぴーちゃんをはじめ、女性では何人か、あの山小屋でもやっていけるだろう、という人がいるけれど、男性では、正直なところ思いつかない。
もし、ここで一晩ひとりで過ごしなさい、と言われたら、おそらく、暗闇と孤独に耐えられなくなって里に下り、人の気配のする駐車場にでも車を停めて、一晩中ラジオでも聴きながら、車で夜を明かすのではないだろうか。

最初の頃は、私も夜が怖かった。
でも、だんだん慣れた。
今は、あの夜のしじまが懐かしく感じる。
早く、森に帰りたい。

人間ぬか漬け

10月20日

ようやく里の暮らしに慣れてきた。

耳をすませば、ちゃんと鳥の声が聞こえてくる。

猫の額ほどのちっちゃなちっちゃな植木鉢に種を植え、成長を見守り、花を咲かせる都会人の姿は、健気(けなげ)で愛おしいと感じる。

都市というのは、本当に人間が生活しやすいように作られている。

森時間との時差ぼけを解消してくれたのは、酵素風呂だった。

いつも自転車で前を通っていて、前を通るたびに、今度行ってみようと思いながら何年も時が過ぎていた。

でも先週、行かねば、というか、今私が行くべきはここなのだ、という強い確信があって

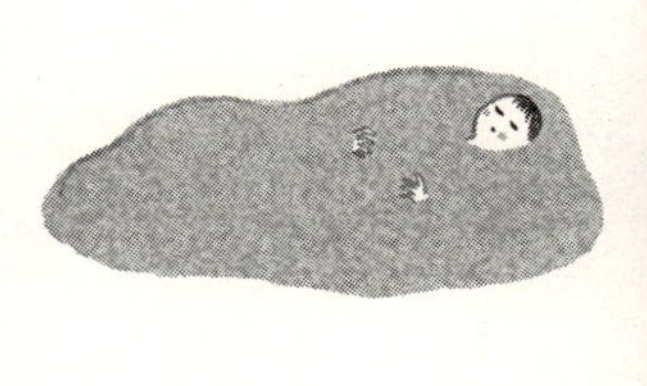

扉を開けた。

100%米糠だけを使った、糠の発酵熱だけによる民間療法。

人生で2度目だった。

おそらく、深刻な病を得た人が、わらにもすがる思いで、ここにたどり着くのだろう。

糠のベッドに裸で横になり、上からたっぷり糠をかけてもらう。

体の芯から温まり、15分もそうしていると、じんわり、汗をかく。

体に溜まっていた疲労の成分が、まるで毛穴の汚れが剝がれ落ちるみたいに、ごっそりと抜けた。

恐るべし、人間ぬか漬け。

最高に気持ちよかった。


帰り際、店主の女性に、大変なお仕事ですね、と声をかけると、

「でも糠のおかげで私も病気を治してもらったから」

と明るい声が返ってきた。

きっと、天職なんだろうな。

太陽みたいな女性だった。

森にいる間は、一回だけスウェーデン式のマッサージを受けた。

東京にいる時は、２週間に一回くらいの割合で、なんらかの体のメンテナンスをしてもらっている。

だから、定期的に体のケアができない状態というのが、少々不安だった。

でも、結果的には大丈夫だった。

昨日、久しぶりにいつもみてもらっているカイロの先生のところに行ったら、体がとてもいい状態だという。

普段はカチカチになっている肩も凝っていないし、内臓も特に弱っているところはないとのこと。

暮らし的には森の方がずっとハードなのだけど、都会特有のストレスがない分、体への負担は軽いのかもしれない。

体は正直に反応する。

山小屋は、私がいなくなって寂しがっていないだろうか。

なんとなく、寡黙だけれど手のかかる大きなペットを、森に残してきているような気分だ。

もう、森の最低気温は0度近い。
晩秋から初冬へと、季節は確実に進んでいる。
来週には森に帰るので、葉っぱを落とすのを、もう少しだけ我慢してほしい。

初雪の朝

10月27日

昨日の夜から雪が舞い始め、朝、森の落ち葉に初雪が積もっていた。
久しぶりに味わう初雪の朝。
懐かしい。
子どもの頃、この日がものすごく楽しみだった。
昨日東京から森に戻って、いきなりの雪でびっくりだ。
スタッドレスタイヤにしておいてよかった。
それにしても、まだ10月なのに。
もしかすると、この冬もまた、雪が多くて寒いのかもしれない。

雪景色は、ものすごく美しい。

前回山小屋を去る数週間前、まだ木の枝に残っていた葉っぱたちが、潔く地面に落ちている。

その上に、真っ白な雪がふんわりと覆い重なって、この景色を自分だけの目で楽しむのは、申し訳ないようなもったいないような。

雪景色を、心ゆくまで堪能した。

気温は0度ほどで寒いはずなのだけど、それよりも初雪が降ったことに興奮してしまい、寒さはあまり感じなかった。

朝から薪ストーブを本格的に稼働させ、さっそく、薪棚から薪を運んだりと、やることがたくさんある。

これから、もっともっと仕事は増えるはず。

でも、本来の人間の体の動かし方に戻ったようで、なぜか悲壮感はない。

むしろ、楽しい。

夕方、温泉から帰ってきたら、うっすら雪化粧をした山に夕陽が当たり、それはそれは美しかった。

ふだんそういうことは滅多にしないのだけど、車を停めて、写真を撮る。

一瞬、自分がどこにいるのかわからなくなった。

この山の姿に出会えただけでも、今回、森に帰った甲斐があったと思う。


それにしても、森の庭に植えていた植物は、無花果も藍も、見事に鹿に食べられている。食べられずに残っているのは、ミントやローズマリーなど、香りの強いハーブだけ。

やっぱり来年は、本腰を入れて鹿対策をこうじなくては。

ゆりねは、野生動物の匂いがするのか、相変わらず散歩に出ても、すぐに山小屋に引き返そうとする。

また、これまで以上に静かな森暮らしが始まった。

光り輝く

10月28日

3年前の今頃、私は毎朝、ベルリンのアパートの出窓に座って、東の空を見つめていた。朝陽があまりにきれいで、その姿を1秒たりとも見逃したくなくて、太陽が出るのを待ち伏せていた。

ベッドから出る時はまだ真っ暗で、前の通りを走るトラムには、ほとんど人が乗っていなかった。

けれど、ひとたびお日様が顔を出すと、空が見事な茜(あかね)色に染まり、それはそれは美しかった。

その光を目にするだけで、なんだか勇気づけられた。

ちょうど、人生の岐路に立って、大きな決断をするところだった。

数日前、山小屋に来た。

季節はジャンプするように初冬になっていて、この間の空とは明らかに違う色をしている。

一枚、また一枚と梢からは葉っぱが落ち、あんなにわさわさと茂っていた木の葉が、姿を変え、ものの見事に地面に広がっている。

木は、すっかり裸になった。

朝、必ず外に出て、森に向かって手を合わせるのだけど、その時にチラリと見る温度計は、氷点下をさしている。

でも、空気が乾燥していて、空はどこまでも澄み渡って清々しい。

この景色、確かに知っているぞ、と思って記憶を辿ったら、簡単にベルリンの冬の空に行き着いた。

3年前、待ち伏せていたあの朝焼けと、全く同じ色が広がっている。

あの時すがるような思いで拝んでいたのと、おんなじ太陽だという当たり前の事実に、ハッとした。

3年前のあの頃、まさか自分が山小屋で暮らしているなんて、全く想像すらしていなかった。

人生って、本当に何があるかわからないなぁ。

冬は寒くなるけれど、その分、空がきれいだ。

森の緑は減ったけれど、その分、視界が開けた。
山小屋の2階の窓から、今まで見えなかった向こうの山の姿が見える。
更に、夜になると満天に広がる星が見られるようになった。
何事も、そういう仕組みなのかもしれない。
失ったものがあれば、新たに手に入るものがある。
星は、まさに光り輝く。
太陽も、光り輝く。
あの美しい朝焼けの空に再会し、それだけでご機嫌になれる自分がいる。

日曜日のお味噌

11月6日

朝起きたら、霜が降りていた。

初霜かもしれない。

季節は迷わず、冬へ一直線だ。

今朝も朝焼けが神々しいほどに美しかった。

そろそろ山小屋の味噌壺(つぼ)のお味噌がなくなるので、満を持して味噌を仕込む。

国内、海外問わず、いくつかの場所で味噌を作ってきたけれど、そこで味噌を仕込むと、その場所が自分の居場所になった気がする。

今日は日曜日で、快晴で、味噌作りにはもってこいの空。

絶対に、雨の日で、しかも悲しかったり苦しかったりする時は、味噌作りをしてはいけない。

祖母からの教えとかではなく、これは私が自らの経験で学んだこと。

そういう負の感情は、波動となって必ずや味噌に伝わると、私自身は信じている。

だから、味噌を仕込むのは、朗らかな、明るい気分の時に。

できれば、音楽も麴がご機嫌で発酵しそうなものを選びたい。


生の麴は、長野県を代表するスーパー、ツルヤさんで入手した。

味噌の本場にいるのだから、わざわざ自分で手作りしなくてもいい気もするけれど、まぁ、味噌作りは趣味なので、つい、やりたくなってしまう。

大豆は、適当に道の駅で買ったもの。

食材は、なるべく身近で手に入るもので賄いたいと思っている。


新聞を読み、90分のヨガをして、いざ味噌作りを始める。

大豆は、一昨日から薪ストーブの上に置いたりして、少しずつ火を通してきた。

茹で上がった大豆をブレンダーで攪拌（かくはん）するのだが、どうもブレンダーの馬力が足りない。

私が20年以上前に買ったブレンダーの方が、よっぽど力強く攪拌する。

今使っているのは新しいのだけど、すぐに止まってしまうので、何度も作業を中断した。

根負けして、今日の味噌は大豆の形が結構粒のまま残っている。

あとは、塩と合わせた生麹を混ぜ、それをせっせとおにぎりみたいに握っていく。

これを小分けして保存袋に詰め、空気を極力抜いて、完成を待つ。

私はあと2週間ちょっとで山を下りる計画だけど、今回の味噌たちは、山小屋でお留守番だ。

気温が低くなるからカビの心配は少ないものの、それでも無事に発酵が進んでおいしい手前味噌に成長してくれるのを祈るのみ。


味噌作りが一段落したら、ゆりねを連れて温泉へ。

あー、気持ちいい。

極楽だ。

気温が下がったので、ゆりねも車の後部座席で待っていられるようになった。

温泉からの帰り、また鹿の集団に遭遇した。

10頭くらいがまとまって、せっせと草を食んでいる。

オスの鹿は毛が黒っぽくなり、立派な角を生やしている。

体格も一回りほど大きくなったようで、最初見た時はカモシカかと思った。
あんなのに向かってこられたら、太刀打ちできない。

オス鹿の角は、毎年生え替わるらしい。
まるで、落葉樹のよう。
形も、木の枝そっくりだ。
森にいる間にやらなくてはいけないことと、やりたいことが山ほどある。
冬の足音に急かされている。

月の満ち欠け

11月8日

毎晩、布団に入って電気を消してから、あれ？　外の電気消し忘れたかな、と思う。
でも、確かに全部消している。
そっか、木々の葉っぱが落ちたから、夏よりも月の光をまぶしく感じるのだ。
特にここ数日は、外がほんのり明るく見える。
今夜は、皆既月食。
温泉から戻ったら、蠟燭を灯して、お月見をする。
せっかくなので、シードルを開けた。
音楽は、大音量でオペラをかける。
しばらくすると、まん丸だったお月さまが、徐々に左斜め下の方から欠け始めた。
半分くらい隠れたところで、外に出る。

まだ7時前なのに、真夜中の暗さで、星がいっぱいいっぱい輝いていた。

あんまり山小屋から離れるのは不安なので、道の途中で空を見上げる。

気温はほぼ0度。

でも、空気が冷たく乾燥していて、気持ちいい。

そう、これこれ。

私にとっての冬の空気は、まさにこんな感じが理想的だと思う。


小屋の近くまで戻って、しばらくじっと見ていたら、どこからか、ザク、ザク、と獣の足音がする。

おそらく鹿だろう。

鹿はたいてい集団で活動しているけれど、よく、オスの一匹鹿がこの辺りを単独で行動しているので。

向こうも何かを察したのか、動きを止めて様子を窺っている。

こんなにじっくりと月の動きを観察したのは、生まれて初めてかもしれない。

今、お月さまは薄い黒のベールで覆われている。

長野県八つ墓村　11月10日

どんなに寒くても、一日に一回は森に出て、コーヒーを飲んだり、鳥を観察したりしたいと思っている。

たいてい、それをするのは、食後。

朝昼ごはんを食べて、コーヒーを淹れたら、それを持って森へ。

今日も、カレー蕎麦を食べてから、マグカップを手に、いそいそと森へ出た。

カラマツの切り株に腰掛けて、ホッと一息。

それから、マグカップを片手に、森を散策する。

と、少々異質な光景が視界に入った。

なんじゃあれは？

場所は、大きなもみの木の下。

最初は、枝だと思ったのだ。

でも、幹に枝のように突き刺さっている先にあるのは、ひ、ひ、ひ、ひ、ひづめだった。

ひづめ！？！

何？？？？

頭が混乱し、見間違いかもしれないしと、一度方向転換し、心を落ち着かせる。

自分のよくある錯覚であることを願いながら、再度、もみの木の下へ。

やっぱり、枝ではなくて、明らかに獣の脚である。


そういえば、数日前、この辺りに3本脚の鹿がいるらしいと聞いていた。

でも一体、なぜこんな場所に突き刺さっている？

その鹿の、脚だろうか？


誰が？？


最初に脳裏をよぎったのは、「呪い」の文字。

清々しい冬の森が、一瞬にして、八つ墓村になった。

ここが本当に八つ墓村なら、私はもうこの場所には住めない、と絶望する。

怖くて、想像するだけで恐ろしくなる。

そして次に考えたのは、鹿が幹に脚を引っ掛けたものの、脚が枝と枝の間に挟まって抜けなくなり、その脚がもげてしまった説。

でも、そうしたら鹿は騒ぐはず。

でも、ここ数日、鹿の悲鳴のようなものは聞いていないしなぁ。

もう、絵的には、本当にシュールとしか言いようがない。

だって、もみの木の幹から、ニョキッと鹿の脚が突き出ているのだ。


写真を撮れば、百聞は一見にしかずで、すぐに理解してもらえると思ったのだが、私にそんな勇気はなかった。

人間でいう膝から上の部分の肉は削げ落ち、膝から下はそのままひづめまで残されている。

どうしよう、どうしよう。

挙動不審になりそうだった自分をなんとか落ち着かせ、然るべきところに電話をし、回収をお願いした。

自分でなんとかしろと言われたら、泣いていたかもしれない。

どうやら、珍しいことではないらしい。

罠(わな)にかかって取れてしまった脚などを狐(きつね)などが見つけると、それを運び、ぶん投げて枝にかけたりするらしいのだ。

それを聞き、私は人による「呪い」でなかったことに、本当に本当に安堵(あんど)した。

森では、予想もつかないことが、日々起こる。

そのたびに私は右往左往して、ほんの少し、自然を知ったような気持ちになる。

ここが、長野県八つ墓村でなかっただけで、今夜はぐっすり眠れそう。

ムッティ

11月22日

夕方、お風呂から戻ると、薪ストーブに火を入れる。

当初は、朝から入れていたのだが、朝から点けると、じーっと炎に見入ってしまい、それだけで時間が流れてしまうので、朝は軽く床暖房をつけて、薪ストーブの炎を見るのは日が暮れてからのお楽しみになった。

今は、夕方の5時にはもう暗くなるので、そこからは夜時間。

ちびりちびりと赤ワインをやりながら、薪ストーブとおしゃべりする。

薪ストーブは、寒くて早く火を点けたい時に限って、駄々をこねる。

なかなか思い通りに火が育たず、最悪の場合、一度火が盛り上がっても、鎮火してしまう。

そうなると、もう一回やり直しだ。

着火剤とかが、無駄になってしまう。

なんだかんだと手を焼き、こまめに面倒を見ていると、薪ストーブはご機嫌になって、気前よく炎を上げる。

特に、昼間のうちに中の灰をきれいにし、焚き火をするごとく諸々を仕込んでおくと、自分に向けられた愛情を感じるのか、気持ちよく炎が誕生する。

まるで人格や感情を持っているようで、こうなったら薪ストーブに何か名前をつけてあげたい、と思うようになった。

それで思いついたのが、「ムッティ」。

ドイツ語で、お母さんという意味だ。

親しみを込めて、メルケルさんも国民からそう呼ばれていた。


ムッティは、暖かさと光、両方を惜しみなく与えてくれる。

ムッティに点火する時は、着火剤として、松ぼっくりや新聞紙などを使う。

私には、俄然松ぼっくりが貴重品になった。

ゆりねを連れて散歩をする湖のほとりや、日帰り温泉の駐車場など、松ぼっくりを見つけたら、反射的に拾ってしまう。

某大学の研究所の敷地内で、ものすごく大きい松ぼっくりも発見した。

パイナップルみたいな細長い感じで、これがものすごくよく燃える。

胡桃（くるみ）の殻も油分が多くて燃えるので、いい着火剤になる。


木が火になり、火が土になり、土が金になり、金が水になり、水が木になる。

薪ストーブを使うようになってから、五行説をなるほどと肌で理解できるようになった。

ムッティがいてくれるおかげで、寒さはそれほど気にならない。

おそらく、体がどんどん寒さに強くなっているというのもあるだろう。

山小屋には断熱材もしっかり入っているし、今のところまだ、防寒着も、レベル2くらいで済んでいる。

ダウンや毛糸の帽子、手袋も、ほとんど必要ない。


夕飯は、ムッティの前に陣取って、中の様子を見ながら食べることが多くなった。

ムッティにはオーブンもついているので、そこで野菜にじんわり熱を加えたり、パンを温めたり、りんごを焼いたりすることもできる。

ムッティの熱と赤ワインで体がほかほかしてきたら、外に出て星を見る。

夏の間はそれほどありがたみを感じていなかったモミなど常緑の針葉樹が、冬になったらものすごく逞しい存在に見えてきた。

すっかり葉っぱを落とした落葉樹の森で、針葉樹だけは、寒さに耐え、堂々と緑色の葉っぱを広げている。

その姿に、希望を感じる。

これからしばらく、またムッティに会えなくなるのが、寂しい。

がくぶち　12月2日

里暮らし、再開。

山小屋と較べて、部屋の外は暖かいように感じるけれど、部屋の中は逆に寒いように感じる。

先日、ある地方自治体に寄付をした。

子ども食堂の運営資金に使う、とあったので。

日本という、世界から見たら経済的には恵まれているとされる国に生まれて、それでも明日食べるものにも困っている人たちがいるという現実に胸が痛くなる。

ある所では、食べ物が消費しきれずに廃棄されているというのに。

選挙で一票を投じ、自分の理想とする政党が与党となり、社会が変わる、というのを夢見ていたら、きっと命は尽きるだろう。

というのが、最近の正直な気持ちだったりする。

だったら、なるべく有効にお金を使ってもらえるように、自分で使い道を選んで、寄付をした方が気分がいい。

そんなことを思ってその地方自治体に寄付をしたのだが、後日、額縁が届いた。

大きな段ボールが届き、何？と思ったら、品名に「がくぶち」とある。

送り主は、寄付をした地方自治体のふるさと創生課。

額縁には、ご丁寧に市長からの感謝状が入っていた。

いらない。

心の底の底の底の底から、本当に嘘偽りなく、いらない。

受領証だけで結構だ。

額縁がいくらするのか知らないけれど、こんなことにお金をかけるんだったら、一食分でも、お腹を空かせて困っている人にお弁当なりおにぎりなりを届けてほしいと切実に思った。

もちろん、感謝状をもらって、喜ぶ人もいるのかもしれないけれど。

なんだかこれって、私からするとものすごく無駄な気がした。

額縁より、食料を優先してほしかった。

お気持ちだけで、十分です。

いただいても飾らないし、ただ無駄になるだけなので、その旨をその自治体の担当者に電話で伝えたら、不要でしたら処分してください、と言われた。

けれど、それはそれで面倒だし、第一額縁がもったいないので、失礼を承知で、送り主に返送させていただいた。

額縁だけでも、再利用してほしいと思ったので。


ドイツで感心したことのひとつは、寄付文化が根付いていることだった。

ドイツは、犬や猫などの殺処分がゼロだが、それは各地にティアハイムという、動物の保護施設があって、そこが受け皿になっているから。

ティアハイムは民間で、寄付によって運営されている。

私も一度、ベルリン郊外のティアハイムを見学に行ったけれど、そこはものすごく設備が充実していて、たとえ新たな飼い主に巡り合えない動物たちでも、愛情に恵まれた環境で生涯を終えることが約束されている。

自分では飼えないけれど、その犬や猫のサポーターになりたいという場合は、その子の月々の餌代をサポートしたりと、そういう小さなことからでも貢献できることが素晴らしい。

税金も、納得できる使われ方をしているのであれば喜んで払う。

でも、まだ評価の定まらない一政治家の国葬に使ったり、軽率な言動を繰り返す政治家の高額な給料になったり、なんだかなぁ、とため息の出ることばかりなのだ。

もっとこっちにお金を使ってほしいのに、そっちに使って、結果、無駄になったり。

そういう様子を見聞きするたびに、それは血税なんですけど！　と言いたくなる。

血税なのだから、一円だって無駄にせず、有効に使ってほしい。

あなたに差し上げたわけではなく、あなたに託して預けただけだということを忘れないでいてほしい。


話は変わるが、サッカーの日本代表が、快挙を遂げている。

私は、三試合とも見ていない。

私が見ない方が勝ちそうなので、次も見ないでおこうと思う。

ただ、心の中で、密かに声援を送っている。

額縁を送り返す私も、サッカーW杯のパブリックビューイングを拒否するドイツ国民も、意固地だと言われれば確かにそうなのかもしれない。

けれど、こういう意見もある、ということを自らの行動で示さなければ、相手には何も伝わらず、そのことが流されてしまう。

だから、声を上げることは大事かと。

今夜はジビエ

12月19日

空を飛ぶ夢を見た。

椅子ごとフワーッと宙に浮いて、そのまま空中遊泳した。

椅子は、山小屋のある森の外にいつも置いてある黄色い椅子。

飛んでいるのは、どこかの都市の上空で、ビルなどの街並みを鳥の目で眺めている。

ものすごく気持ちよかったのだけど、途中から天候が荒れて、恐怖を感じるようになった。

それで、ガソリンスタンドの屋上に不時着した。

ガソリンスタンドで働く若い女性が、屋上まで私を迎えに来てくれた。

そこで気がついて、夢の中での空中遊泳は終了。

大体の夢は目覚めた瞬間忘れてしまうのに、なぜかこの夢だけは強く印象に残っている。

なんとも不思議な感覚の夢だった。

ちょっと前に起きた鹿の脚事件のことを森暮らしの先輩に報告したら、森で生きていくと決めた以上、そんなことでビビってはいけませんよ、と叱咤激励を頂戴した。

曰く、それは私への、森の動物たちからの最大限の歓迎のしるしではないかと。

さすが、大先輩だ。

猫が、主人のところにとった獲物を持っていくように、何者かの野生動物が、鹿の脚を私のところに献上してくれたという解釈である。

あー、なるほど。

更に、ヨーロッパのご婦人は、自分が車で轢き殺してしまったキジを、なんのためらいもなく運び、台所へ持って行って料理するでしょう、と続く。

それくらいの覚悟がなければ、森では生きていけませんよ、とのことだった。

たかだか鹿の脚が一本木の幹にささっていたくらいでジタバタ騒いだ自分が、恥ずかしくなる。

次回、同じ光景に出くわしたら、「やった〜、今夜はジビエにしよう！　鹿の腱でシチュウでも作ろう！」と喜べるくらいタフになれるよう、日々、メンタル面を鍛えなくちゃ、だ。

がんばれ、私！

先日、２年前に書いた日記のゲラを読み返した。

来年文庫になる分のゲラなので、どうしても仕事として読まなくてはいけなかったのだけど、読むのに勇気がいるというか、なかなか読む気になれなくて、珍しくギリギリまで保留にして、ようやく重い腰を上げて読んだ感じだった。

個人的にも世の中的にも気流が乱れて、当たり前の日常を失って相当混乱していたと思うし、そんな自分を振り返るのが、しんどかった。

でも、読んでみたら、そんな中でも必死に踏ん張っている自分に再会できて、逆に勇気をもらったというか、励まされたような気分になった。


自分の周りで台風が起きている時は、目の中心まで行ってしまえばいい、そうすれば意外と風の影響を受けず静かに過ごせる、と思ってはいたけれど、当時の自分を振り返ると、まさにそんな感じだったのかもしれない。


車の免許を取るため初めて教習所内でハンドルを握った時は、本当に時速10キロのスピードでも恐怖を感じている自分がいた。

あの時は、免許なんか取って車を運転するのは絶対に無理！　と思っていた。

そのことを車の運転をする友人に話すと、みんなが口を揃えて、慣れるから大丈夫！と言ってくれたが、当時はそんな言葉を信じる気になどなれなかった。

でも、あれから2年経って、確かにその通りだ、と納得している。

もし、かつての自分と同じように時速10キロでもビビっている人がいたら、私も、そんなの慣れるから大丈夫だよ〜、と励ますに違いない。

歳を重ねるにつれ、年々、一年があっという間に過ぎる印象だけど、でもこの2年で、随分と心境も環境も変わっている。

ゲラを読み終わると、頭の中には、中島みゆきさんの「時代」という曲が流れていた。

もう、森はすっかり雪に覆われている、らしい。

早く雪景色が見たくてうずうずする。

雪の結晶　12月28日

クリスマスは山小屋で過ごした。

文字通り、ホワイトクリスマス。

森は一面雪に覆われて、白い世界が広がっている。


雪道を歩くのにアイゼンがいいと達人から聞いていたので、早速アイゼンを装着して雪道を歩く。

最高だ。

アイゼンの爪がギュッと路面に刺さるので、ツルツルの氷の道だってなんのその。安心して闊歩できる。

久しぶりに、雪道を歩く感触を味わった。

冬の晴天率が日本一と聞いていても、実は半信半疑だった。

でも、実際に行って連日の底抜けの青空を見て納得する。

夏の方がよっぽど雨が降って暗かった。

最低気温はマイナス10度くらいだけど、太陽が出るので、それほどの寒さを感じない。

長野というと豪雪地帯のイメージだが、日本海側は大雪になっても、雪雲はアルプスを越えられないので、南信は、それほどの大雪にはならないらしい。

降っても、すぐにお日様のパワーで溶けてしまう。


雪道運転も、問題なかった。

とにかく、皆が口を揃えて言うように、スピードさえ出さなければ氷の上でも大丈夫。

もちろん、油断は禁物だけど。

下り坂では、ブレーキを踏まず、エンジンブレーキと自然に下りていく力だけを使って前に進む。

雪道運転は、なかなか楽しめた。

基本的にパウダースノーなので、降ったばかりの雪原を走るのは気持ちいい。

しかも、空は完璧な青空だし。

心配していた雪よりも、むしろ怖かったのは風の方。

これが噂の八ヶ岳おろしか、とすぐにピンときた。

荒れ狂うように風が吹きつけるのだ。

そのせいで、薪ストーブを焚いても、煙突から風が入って煙が逆流してしまう。

これには、参った。

煙くて、寝ている間に燻製になってしまう。

色々なことを、ひとつひとつ、自分の体でマスターしていかなければならない。

常にストーブで燃える薪のことを考えていなくてはいけないし、薪棚から薪を運んだり、山小屋に入るのにスコップで除雪したり、大雪が降れば気軽に買い物にも行けないし、もちろん寒いし、たいへんなことは山ほどあって、やることもいっぱいあって忙しいのだけど、でも、達人たちが口を揃えておっしゃるように、冬がいい、という言葉に深く深く納得した。

夏はもちろんクーラーがいらない涼しさで気持ちいいのだけど、でも山小屋の醍醐味は冬である。

今年は、車のことも含めて、森暮らしのお試しというか様子見の要素が強かったけど、来年からはいよいよ本格始動だ。

今、自分の生活力でどのくらいいられるのかを見極めているところだけど、来年はもっと長く冬を味わいたい。

それにしても、車選びは難しい。

この夏いろんな車を試して、ＰＨＶ（コンセントに差し込んで自分で充電できる）タイプの車がいいという結論に達したけど、現状であるものは、最低車高が低かったり、私が乗るにはちょっと大きかったりする。

どのタイプが本当に環境に良いのかも、わからない。

できれば、クリーンディーゼルとＰＨＶのハイブリッドがいいのだが、ない。

最初は１００％電気で走る車にしようと思っていたけど、極寒冷地では充電してもすぐに電気がなくなってしまうと聞き、その選択はなくなった。

電気自動車が普及すれば、当然、原発の問題が出てくる。

一概に、何が環境に、地球に優しいのか、正直、わからなくなってしまった。

PHVで、電気だけでもっと距離が走れて、国産のコンパクトカーが理想なのだけど、帯に短し、たすきに長しで、どうしても自分にぴったりな車が探せない。

いっそのこと環境のことは無視して軽トラはどうかとか、もうそんなんなら馬に乗って移動してしまえないだろうか、とか、迷宮に迷い込んでしまった。

でも、もうそろそろ本気で車を決めないと、だ。

納期も遅れているというし。

それが、この冬いちばんの課題。

夜、酔った勢いで防寒して外に出て、星を見た。

すごいすごいすごい、天然のプラネタリウム。

車なんか来ないので、そのままゴロンと道に寝っ転がり、雪の上に大の字に手足を広げて星を見る。

最高に幸せな時間だった。

そして、朝起きたら、車の窓に雪の結晶が付いていた。

寒いから、雪の結晶がそのままの形で落ちてくるのだ。

自然が生み出す美しさに惚れ惚れした。

雪原には、点々と小さな生き物の足跡。
山小屋で過ごす冬もまた、素晴らしい。

遺言書　12月31日

朝起きて新聞を読み、今日は土曜日なので仕事はせず、そのままおせちの準備に取りかかった。

自分の中では全く年末の感覚がないのだが、世間的に今日は大晦日。

2022年のカレンダーも、今日で仕事納め。


今年は、五色なますは省略し、黒豆と伊達巻(だてまき)、ごまめくらいをちょこちょこと準備する。

おせちは、泣きべそをかいてまでやりたくないので、自分が楽しく作れる範囲内で。

大晦日が土曜日で、元日が日曜日だから、ちょうどよく週末と重なった。

というわけで、2日からは通常モードに入る予定だ。

だからあんまり、お正月気分を盛り上げたくない。

できれば、ささっと通り雨みたいに過ぎ去ってほしい。

お昼に年越しそばを食べ（ゆりねにも数本おそばをあげた）、あとはせっせとお掃除に励む。

大掃除は必要ないけど、ふだんあまり気が回らない額縁の裏側とかスピーカーの上などを念入りに清める。

ゆりねのお年玉用に、ビスケットも焼いた。

シーツと枕カバーをきれいなのに取り替え、洗濯物を干し、台所の床を水拭きして、とやることは尽きない。

家仕事が一段落したら、ゆりねと今年最後の散歩。

やっぱり、ゆりねの大好きな川沿いの公園へ連れて行かれた。

桜の枝先に、小さな蕾が膨らんでいる。

今年を振り返ると、自分としてはなかなかチャレンジングな一年だった。

2年越しで計画を進めてきた山小屋が完成して、人生初の森暮らしを始めた。

一生付き合えたらいいな、と思える女友達にも3人出会えたし、こちらに関しては実り多き年だった。

寄付も、まぁまぁまとまった額ができたので、自分としては満足している。

あとはこの先も、それを継続していけるように、自分に何ができるのかを模索しなくてはいけない。

とは言え、地球規模で見れば、とても21世紀とは思えないような現実が、あちこちで起きている。

空からミサイルが飛んできたり、侵略してきた国の兵士が女性をレイプしたり略奪したり。

髪の毛を布で覆っていなかっただけで咎(とが)められ、命を落とし、そのことに反対するデモに参加しただけで、死刑になる。

女性だからというだけで、学校に行けない。

時代は全然進歩なんかしていなくて、むしろ後退しているように感じてしまう。

一体、2年後、3年後のこの星はどうなってしまっているのだろう。

ここ数年の習慣として、毎年大晦日に遺言書をまとめている。

もし明日人生が終わっても、悔いが残らないように。

自分の持ち物を整理し、有効に使ってほしいから。

私が読者の方から頂いたものは、また社会に還元して、少しでも気持ちの良い世の中になってほしいと思う。

遺言書をまとめるたびに、向田邦子さんのエピソードを思い出す。

残されていた遺言書の内容が、実際の所有資産よりも多く書かれていたというのだ。

見栄(みえ)ではなくて、きっと丼勘定だったのだろう。

豪傑な向田さんらしくて、笑ってしまう。

先日、「大人のおしゃれ手帖」という雑誌のインタビューで、来年の目標を質問された。

毎年、大それた目標を掲げることはせず、ただ淡々と流れに身を任せている、ということをお話しした上で、私が挙げたのは、

「庭仕事に励む」「社会貢献を実現する」「氣内臓を学ぶ」

の3つ。

来年だけの目標というより、どれも50代全体を通して長い時間をかけて挑む目標だ。

来年の誕生日を迎えたら、私もいよいよ50歳だ。

50代を快走できるように、今のうちから助走をして体を慣らしておき、ゲートがあいた瞬間、気持ちよく飛び出せるようにしたい。

ぶっ飛ばすぞ〜と、鼻息を荒くする自分がいる。

何人かの人生の大先輩が、50代がいちばん充実していたと証言するので、私も今から楽しみなのだ。

何が起きても、たとえそれが負の感情だとしても、とことんまで人生を味わい尽くそうという覚悟で臨みたい。

さっき、夕方5時を知らせる鐘が鳴った。

今年最後のお風呂に行きたかったんだけどなぁ。

もう外は真っ暗だ。

それに、まずは遺言書を書かないと年が越せない。

片付いた家で、ろうそくを灯し、ひとり静かに年を越すのも、悪くない。